〈転生〉する物語

小泉八雲「怪談」の世界

遠田 勝

新曜社

はじめに

本書には今回、この本のために書き下ろした第一部に加えて、ハーンの『怪談』その他、物語についての五編の論文を収めるが、その内容のあらましと執筆の意図を解説して序文にかえたい。

第一部「旅するモチーフ」においた「小泉八雲と日本の民話――「雪女」を中心に」は、ひとことでいえば、ハーンの代表作である「雪女」の出典と伝播についての考証である。

ハーンが残した『怪談』のなかで、日本人にもっとも愛され、親しまれたのは、「耳なし芳一」と「雪女」であろう。しかし、「耳なし芳一」についてはハーンの依拠した原話が存在し、それがどのように加工されて、あの名作が誕生したのか、おおよその事情がわかるのに対して、もうひとつの傑作「雪女」のほうは、確たる原拠が知られていない。したがって、ハーンがどのような素材をもとに、あの美しく悲しい物語を編みあげたのか、その具体的な手順や、個々の設定・描写の狙いなどが想像できない。あの物語のどこからどこまでをハーンの創造力が作りあげているのか、それがわからないのである。いや、そもそも「雪女」という話は、日本古来の物語なのだろうか？

そんな基本的な質問にさえ、ハーン研究者の答えは分裂している。いや、実は出典についての確実な証言はある。つまり、ハーン自身が『怪談』の序文で、この物語の出典について長々と語っているのである。

「雪女」という不思議な話は、武蔵の国西多摩郡調布の百姓が、自分の郷里につたわる伝説として、わたしに聞かせてくれた話である。この話がこれまで日本語で書き留められたことがあるのかどうか、わたしは知らない。しかし、この話に記録されている異様な信仰は、確かに、日本各地に、さまざまな珍しい形で、実在したものである。

この『怪談』の序文の三分の一をしめる説明で、ハーンは一体なにを言おうとしているのだろう? 「雪女」の出典が口碑であるなら、調布の百姓に聞いた話であるという、はじめの一行だけでよく、文字に書き留められてはいないかもしれないないなどと、気をまわす必要はないし、ましてや、その話のなかにある信仰は確かに実在したものであると念押しをする必要もないのではなかろうか。ハーンが案じていたとおり、「雪女」という物語は、ハーン以前には日本語で文字に書き留められていない。ハーンの「雪女」に似た物語は、日本の伝統的説話文学には存在しないものなのである。それではそうした文字の文芸ではなく、口碑の記録のほうはどうかというと、実はこちらには、ありすぎて困るほど多数の「雪女」物語が、全国各地に散在している。おそらく読者のうちの多くの方が、いつかどこかで、ハーンの「雪女」に似た物語を特定地方に伝わる民話として耳にしたことがあり、暗黙のうちに、ハーンの「雪女」は、そうした民話のうちのひとつを芸術的に書き改めたものだろうと考えているのではないか。

そうした民話のうちでも、信濃と越中の国境にある白馬岳《はくばだけ》の伝説が、ハーンの「雪女」にもっともよく似ていて、ハーン研究者の一部は、調布の百姓がハーンに聞かせた話とは、この伝説にちがいないと推定してきた。

ところが、ここに困った問題がひとつ出てくる。

日本における口承の伝説や昔話、いわゆる民話の記録と研究のはじまりをどこに置くかについては諸説があるが、それを柳田国男の『遠野物語』とすれば、一九一〇年、また、東京朝日新聞社が全国の読者によびかけて集めた二五〇余編を整理刊行した、高木敏雄の『日本伝説集』だとすれば、一九一三年になり、いずれにしても、「雪女」を収める『怪談』が刊行された、一九〇四年のかなり後になってしまうのである。

つまり、いかに古い伝説や昔話の面影を残していても、それが採集記録された民話であるかぎりは、ハーンの『怪談』以前には遡れない。そうして見出され記録された民話を、ハーンの「雪女」の出典と考えるか否かは、結局は、その民話の古さを信じるか信じないかという信仰の問題になってしまうのである。

この論文のいちばんの目的は、こうして膠着してしまった「雪女」の出典問題を、従来、「口承」

とされてきた民話を批判的に検討しなおすことで、解決しようというものだが、その過程で、いくつか別の問題にも目を向けている。

そのひとつは、「雪女」というモチーフがなぜ、ハーンから松谷みよ子、そして遠野の最後の語り部といわれる鈴木サツにいたるまで、これほど多くの作家や語り手によって、日本の民話として、語られなければならなかったのかという問題、さらには、そうして語り直され、語り継がれるなかで、この物語になにが付け加えられ、なにが取り除かれていったのかという物語の変容の問題である。その問題を考えるためには、まず「雪女」というモチーフの内部を探り直し、それと同時に、モチーフの外部をとりまく、社会と文化の状況を分析する必要がある。こうした作業を積み重ねることで、ハーンの『怪談』のなかで、なぜ「雪女」だけが、かくも見事に日本の土壌に根づいてしまったのかという、「雪女」をめぐる最大の謎に、ひとつの解答を与えることができたと思う。そしてまた、あの『怪談』の序文にある、ハーンの謎めいた言葉の意味にも、ひとつの解釈の可能性を示唆できたのではないかと思う。

第二部の「転生する女たち──漱石とハーン」には「漱石「第一夜」を読む」と「転生する女たち──鴻斎・ハーン・漱石再論」の二編を収めたが、ここでは、考察の対象となるモチーフに、「お貞《てい》の話」という転生譚を選んだ。

ここで論じた、石川鴻斎「怨魂借体」、ハーン「お貞の話」、漱石「第一夜」という三つの作品は、それぞれの作家の生年でいえば、ほぼ一世代を隔ててはいるが、いずれも明治という異文化接触の時代の刻印を明確におびていて、それぞれが、漢文、英語、日本語という異なる言語で語られているばかりか、その背後にある文化と思想も、儒教、ロマン派的オリエンタリズム、そして近代日本の先鋭的な個人主義と大きく異なっている。これら三人のそれぞれに個性的な作品を「転生」という同一モチーフでくくることで明らかになるのは、第一に、鴻斎の漢文小説という古めかしい形式にこめられた意外な近代性であり、第二に、ここで漱石の「第一夜」に対し試みた、わたし自身の読みは、この物語を転生譚という伝統的な形式に戻そうというものであったが、そうした方向づけをもってしても、抑えきれない、漱石という作家のもつ、すさまじい現代性であった。その点だけに注目すれば、転生という怪談の典型的なモチーフと、家《イエ》、家族《ファミリー》という制度が、安定的に機能している鴻斎・ハーンと、それが崩壊してしまっている漱石の間には、はっきりとした境界線が存在するのであるが、転生を夢見る作家の内面に存在する、絶対的な愛の希求とマゾヒズムいう欲望に注目すれば、むしろ、作品間に影響関係を実証できない、ハーンと漱石のほうに、本質的な同一性が発見できるのである。

第三部の「仲裁者ハーン」には、「小泉八雲と武士の娘たち――「おしどり」を読む」と「鎮魂と慰霊の語り手、小泉八雲――夢幻能との比較を手がかりに」、そして「傷ましい仲裁《とりなし》の物語――「破られた約束」「お貞の話」「和解」を読む」の三編をおさめた。

「小泉八雲と武士の娘たち――「おしどり」を読む」では、ハーンの再話によって、仏教説話という伝統的なジャンルから逸脱してしまい、また、近代的な西洋リアリズムの短編小説にもなりきれていない「おしどり」を、どう評価すべきかという問題を取り上げた。わたしは、この作品に、物語をハーンに語り伝えた妻セツの、没落士族の娘としての意地と覚悟が色濃く投影されていることを指摘し、同様に、近年、ノンフィクションとしてのジャンルからの逸脱を史実の歪曲として厳しく批判されている「勇子《ゆうこ》」と並べることで、「君子《きみこ》」、「赤い婚礼」とともに、説話や伝記という形式を借りながら、没落士族の娘たちの壮絶な死を描いた、明治時代の貴重な肖像の文学として、読むことができるのではないかと提案した。

最後の二編、「鎮魂と慰霊の語り手、小泉八雲――夢幻能との比較を手がかりに」と「傷ましい仲裁の物語――「破られた約束」「お貞の話」「和解」を読む」で取り上げたのは、モチーフではなくて、作中に作者自身が「私」として登場し、物語を中断させたり、最後に意見や感想を述べて、物語の解釈や世界観の逆転倒置をはかる、いわゆるロマンティック・アイロニーという語りの技法である。

これは、日本の伝統的な物語文学にはほとんど用いられない技巧なので、西洋文学に親しんでいるはずの研究者でさえも、ハーンの日本時代の、とくに再話物語に用いられると強い違和感を覚えるらしく、従来、あまり肯定的には評価されてこなかったのだが、ハーンは、この技法の、ロマン派文学を遙かに超える、柔軟でかつ多様な用い方の開拓者であるとわたしは信じている。

「鎮魂と慰霊の語り手、小泉八雲――夢幻能との比較を手がかりに」では、ハーンの「人形の墓」「橋の上」「漂流」という、三つのノンフィクション、ルポルタージュ風の作品に注目し、この技法が、効果の上では、「夢幻能」によく似た、死者と霊への、あるいは死滅しつつある風俗習慣への直接的な鎮魂と慰霊の語りを差し挟むための工夫であると指摘し、そうした直接的な慰霊の語り口の存在が、これらの事実としては単純で陰惨な体験・事実談を、深みと慰めのある悲劇に昇華し、ハーンの日本における例外的な人気を支えているのではないかと示唆した。

そして最後の「傷ましい仲裁の物語――「破られた約束」「お貞の話」「和解」を読む」においては、その語りの技法が、フィクションの、いわゆる「怪談」の再話に用いられた場合をとりあげ、物語の再話に、異文化のフォークロアの採録現場という雰囲気を重ね合わせることで、作品のなかに、異文化・生死・ジェンダーと何層にも重なる、境界線を作り出し、それを擬似的にまたがせることで、読者に濃密な越境感覚を体験させ、対立する世界の「和解」をはかろうとする、仲裁者ハーンの、独創的文学世界が成立していると論じた。

以上のように、この本は、文化と生死の境界線上で、その対立を不毛なものとしないために、さまざまなモチーフと文学技法を駆使して、仲裁と和解と越境の物語を語りつづけた作家の、いくつかの主要な作品についての、新しい読解と評価を試みた論文集である。

〈転生〉する物語——小泉八雲「怪談」の世界　目次

装幀――虎尾　隆

第一部　旅するモチーフ

小泉八雲と日本の民話――「雪女」を中心に

一　白馬岳の雪女伝説

「怪異・妖怪伝承データーベース」

国際日本文化研究センター（日文研）のホームページに「怪異・妖怪伝承データベース」という書誌が公開されている。(1)

これは、日本民俗学の文献から集められた怪異・妖怪伝承についての情報三万五七〇一件を、妖怪研究の第一人者、小松和彦がデータベースにまとめたもので、残念ながら更新が二〇〇八年で止まっているが、それでも使ってみると便利なことこのうえない。

たとえば今、検索窓に「雪女」という言葉を打ち込んでみると、たちどころに三〇件もの書誌データと内容の要約を引き出すことができる。そのなかには、雪女伝説の記録としては、最古の部類に属する、有名な宗祇の目撃談もあれば、雪女とすれ違ったら目をそらさねばならないというマタギの言い伝えもあり、また、赤ん坊を抱かされると、それがだんだんと重くなるという、妖怪「産女《うぶめ》」と同型の伝説もあって、日本民俗学の視座からとらえられた、雪女伝説のあらましを短時間のうちに概観することができる。おそらく今後は、民俗学だけでなく、昔話や文学・説話研究においても、怪異現象にまつわる言説の研究は、このデータベースを中心に進んでゆくのだろうと、強く予感させる画期的な業績である。

ただ、ハーン研究の立場からすると、これがこのまま鵜呑みにされて、文学研究に応用されると困ったことになるな、と心配になる点もある。たとえば、ここには二件、長野県と岩手県の伝承として、ハーンの「雪女」にそっくりな物語が記録されている。そのひとつ、民俗学雑誌『あしなか』に報告された「白馬岳《はくばだけ》の雪女郎《ゆきじょろう》」を見てみよう(2)。

ある日、猟師の茂作と箕吉という親子が、吹雪におそわれ山小屋に避難するが、その夜、雪女郎があらわれ、父の茂作の命を奪う。しかし、若い箕吉のほうは、ここで見たことはだれにも話してはならぬと口止めされたうえで、許される。それから一年が過ぎ、ふたたび雪が降る頃、美しい小雪という娘が、旅に行き暮れ、箕吉に一夜の宿を乞う。箕吉と小雪は恋におち、夫婦となって、子供もできるが、ある晩、山小屋での出来事を語ってしまったために、小雪は姿を消してしまう。

ハーンの「雪女」との主な違いは四点。第一に、ハーンでは、年老いた茂作と若い巳之吉という二人の木こりが主人公であったのに対して、白馬岳の伝説では、茂作と箕吉という親子の猟師の話になっている。第二に、物語の舞台が、ハーンでは武蔵の国、川の渡しを前にした森であるのに対して、信濃の国、白馬岳の山中での出来事となっている点。そして第三に、ハーンの作品では巳之吉の父が不在であるのに対し、白馬岳の物語では、逆に母親が不在であること。そして最後に、子供の数がハーンの十人から五人に減っている点。全体の印象としては、『怪談』の「雪女」は、いかにもハーンらしいロマンティックな誇張が目立つのに対して、白馬岳の伝説のほうは、信州の口碑らしく、地味で自然な感じがする。この二つの伝説の関係をどう考えるべきなのだろう。

ハーンは『怪談』の序文で、「雪女」は、武蔵の国西多摩郡調布村の農夫の語った話であるとわざわざ注している。そしてハーンの長男小泉一雄の回想記によれば、小泉家には東京時代の後半に、それらしい調布村の農夫と娘が確かに出入りしている。(3)「府中調布在の農家の娘で名をお花」という娘と、その父親の宗八がそれで、そうしたさまざま状況証拠をあわせて考えると、ハーンの「雪女」は、白馬岳の伝説をもとにしたロマンス、あるいは、関東周辺に、それによく似た口碑が流布していて、ハーンがそれを西洋風に潤色したように思えてくる。

「怪異・妖怪伝承データーベース」にハーンの「雪女」は記載されていない。この書誌の調査の対象は、『あしなか』のような民俗学関係の雑誌が中心で、竹田旦編『民俗学関係雑誌文献総覧』に載る民俗学雑誌を網羅しているものの、書籍のほうは比較的弱く、『日本随筆大成』第一期から第三期までと、各都道府県史の「民俗編」、それに柳田国男『妖怪名彙』に限られている。しかし、かりに今後、この方面でのデータの追加があったとしても、ハーンのような外国人作家の短編小説が、このデータベースに追加されることは、この書誌の学問的性格から考えて、おそらくないだろう。そうなると、この書誌をもとに考察するかぎり、「雪女」の伝承がハーンに由来するという考えは出てこない。

原「雪女」をめぐる論争

ハーンの「雪女」が、たとえば白馬岳の雪女伝説のような口碑伝説に手をいれて小説化したものなのか、それとも、ずいぶん、大胆な仮説のような気がするけれども、逆に、ハーンの「雪女」が、日本人に愛されて民間で語られるうちに、各地で口碑伝説化したものなのか、実は今もハーン研究者のあいだで根強い意見の対立があって、一致した結論には達していない。今そのすべての論点の対立を見なおす余裕がないので、それぞれを代表する意見をひとつだけ紹介しておく。まず前者の立場をとる村松眞一の「ハーンの「雪女」と原「雪女」」から。

そこでハーンの「雪女」に最も近く、話に尾ひれがついていない原「雪女」を探してみると、「山の伝説」として伝えられる越中越後国境の「白馬岳の雪女」(巌谷小波編『大語園』第七巻所収)がそれであろうと思われる。……ハーンの「雪女」の方が作家の筆で潤色され、はるかに精彩に富んでいるが、……この四つの相違点は、調布の農夫が語った段階で、すべてそうなっていたのではなく、作家ハーンのフィクションが相当加わった結果ではないだろうか。ハーンの作品を読む限り、この話がハーンの意図に合せて描かれているという印象を強く受けるからである。……調布の農夫が生まれ故郷の伝説としてハーンに話した内容は、原「雪女」にかなり近かったかもしれない。ハーンは、雪女の話が日本各地に伝わっていることを知っており、農夫からの取材以外にも色々調べてから再話「雪女」を書いたのであろう。そして少なくとも上に挙げた四つの相違点は、すべてハーンの作家的意図の下に吟味されているると思われるのである。(4)

ハーンが調布の農夫から聞いたという話は、白馬岳の雪女伝説、またはそれにかなり近い話で、そのほかの材源も利用しながら、ハーンは前述の四つの点に変更を加えた。それがハーンの「雪女」で、つまるところ、白馬岳の雪女伝説こそが原「雪女」であるというのが、結論である。(5)

一方、牧野陽子は「ラフカディオ・ハーン「雪女」について」において、それとは逆の立場をとっている。牧野はまず、ハーンの「雪女」の中心にある、若い巳之吉が雪女に上から見下ろされ、魅入られるという図柄とモチーフに、ハーン自身が若い頃に読み翻訳を発表したボードレールの散文詩「月の贈り物」からの影響を認める（一〇一頁）。すなわち、「雪女」の中心にあるのは、近代西洋のロマン派的モチーフであり、ハーンは、そこに日本の断片的な伝承をまとわせて、「雪女」の物語を創造したのであると結論する。そして日本各地にハーンの物語によく似た口碑伝説が存在することについては、その理由をこんなふうに推測する。

ところで、最後に再び「雪女」の原話について戻ると、雪女の伝説は、特に昭和に入ってから、東北、北陸、信越などの豪雪地帯でかなり多く集められたという。そして、実はそれらの中で、ハーンの「雪女」にそっくりの話が信州地方で三件採集されている。いずれも、郷土の伝説や昔話として地元の人が執筆したものなのだが、筋立てから登場人物の名前に至るまでそっくりなのである。ただしこれらの話は、それぞれ地元の古老から聞き出して記録したものであり、その聞き書きの時点がハーンの死後数十年も経た後であることを忘れてはならない。……ハーンの英文著作、特に代表作とされる『怪談』について、意外に重要で見落としてならないのは、それが英語の授業の教材として、全国の旧制中学などで幅広く使用されてきたということである。そしてこの事実が、ハーンの再話作品が「土着して」いく経緯に大きく働いたとおもわれる。……地方のおおぜいの中学生が、授業で、また試験のために夜遅く自宅の灯火のもとで読む。たとえば教育熱心で知られる信州など雪国のこどもであれば、「雪女」の話に強い印象を受けたであろう。そしてずっと後になってから雪の降る日に、ふと思い出し、こんな話を知っている、と家の祖父母に、幼い弟妹に、近所の友人に話したかもしれない。……そしてハーンの名など聞いたこともないだろうような、土地の古老が囲炉裏の傍でハーンの「雪女」を、はるか遠い日に親から聞いた地元の伝説として語っているのである。(6)

捏造された「雪女」伝説

わたしははじめ、どちらかといえば村松説のほうが有利ではないかと思っていた。というのも、村松説には一九三五年に刊行された、巌谷小波の『大語園』という有力な証拠があり、これはハーンの「雪女」（一九〇四年）刊行以前には遡れないものの、口碑の記録としてはきわめて古く、また神話伝説集としても信頼できる確かな書物だからである。ただ、牧野説も、論拠はしっかりしていて、簡単には退けられそうにないので、いつか自分で調べ直して、この論争に決着をつけたいと思っていた。それで今年（二〇一〇年）の夏から、日本各地に伝わる雪女の伝承を集めて、その系統を整理してみた。

結果からいえば、わたしのはじめの考えはまちがいで、牧野説のほうが正しかった。白馬岳の雪女伝説は、まちがいなく、ハーンの「雪女」に由来し、白馬岳の地名がなくても、ハーンによく似た内容をもつ、雪女の口碑伝説は、その大部分が、ハーンから出たものであろうと、ほぼ確実に立証できたのである。ただ、その経路は、今回、明らかになった白馬岳系の伝承についていえば、その大本《おおもと》は、中学生らの無邪気な夜話ではなくて、一人のジャーナリストの剽窃、捏造といってもいいような詐欺的行為だった。わたしを含めて、ハーン研究者の多くは、このつまらない悪戯の、意想外に大きな余波にだまされていたのである。わたしたちは、民間伝承の記録における、採話者の誠意をすこし信じすぎていた。

しかし、この調査の目的は、そんな小さな悪戯の告発ではない。この「雪女」の口碑伝説化のプロセスをたどる考証の結果、明らかになるのは、伝説・昔話の伝承における、「文字」の力の圧倒的な強さと支配力である。そしてそれとは逆に、浮き彫りにされるのが、「口承」文化や文芸に対する、わたしたちのあまりにも甘い期待とロマンティシズムであり、これについて、わたしはかなり批判的な言葉を使わざるをえなかった。ただし、それにもかかわらず、物語を伝える最上の力は、やはり、生身の体をもった、語り手と聞き手の関係、すなわち、肉声と感情による「口承」にある。それもまた、この論考で明らかになる事実の、大切な一面である。

さらに付言すれば、ここでわたしが書きたかったのは、「雪女」の口碑化の経路そのものではない。むしろ、その過程で、ハーンの原話から何が失われ、何が付け加えられたのかという、物語の変容のほうである。また、それとともに、「雪女」という英語の短編小説が、どのような手続きを経て、日本固有の「伝説」や「民話」「昔話」として通用するようになったのかという、ジャンルの変更と越境の仕組みについても、考えておきたかった。

こうした作業全般を通じて、わたしが何よりも明らかにしたかったのは、ハーンの「雪女」の、隠れた深層であり、知られざる性質である。「雪女」は、これを読む者に必ず強い印象を与える傑作であるにもかかわらず、その感動が、いったい何に由来するのか、いまだに充分には解明されていない、謎の多い作品だからである。

そして最後にもうひとつ、これがもしハーンの創作だとするなら、なぜ彼は武蔵の国の農夫に聞いた話であるという、紛らわしい序文を付したのか、この疑問にも、一応の答えを用意してみたい。

これから始める考証は、一般の読者には少し退屈なものになるかもしれない。なにしろたったひとつのモチーフを百年近くにわたって追い続ける、長い単調な旅だからである。でもできれば、それを我慢して、しばらくお付き合い願いたい。きっとその後で、あるいは途中でも、「物語」とそれを語らざるをえない人間についての、これまでとは違う風景が、見えてくるだろうと思うからである。

『山の伝説』

一九三〇年以降、長野県と富山県を中心に数多く報告されてきた、白馬岳の雪女伝説であるが、これまで指摘されたものに、わたしの調べたものを付け加え、一定の条件で絞りこみ、年代順に並べてみると、以下の八話になる。その条件とは、話のなかに白馬岳という地名が出てくること、ハーンの「雪女」と同型の「物語」であること（たんに雪女を目撃したという目撃談や、産女や山姥《やまうば》伝説のような別系統の伝承をのぞく）、口碑あるいは古い伝説として記録されたものであること（創作民話や創作童話ではないこと）、さらに媒体としては刊行された書籍であること（雑誌・新聞・WEBは除外する）という条件である。なお、そうした条件をつけても、見落としの可能性はあり、一九六〇年代から七〇年代の民話ブーム以降の出版物については、調べきれていないので、実際の数はもっと多いだろうが、それはまた後日、追加、訂正することにして、とりあえずは以下のリストで考証を始めよう。なお採話地が明記されている場合は、それをタイトルの後に括弧内で補った。

1「雪女（白馬岳）」　青木純二『山の伝説　日本アルプス篇』丁未出版、一九三〇年
2「白馬岳の雪女」　巌谷小波編『大語園』第七巻、平凡社、一九三五年
3「雪女郎の正体」（北安曇）　村沢武夫『信濃の伝説』山村書院、一九四一年
4「雪女」（北安曇）　松谷みよ子・瀬川拓男『信濃の民話』未來社、一九五七年
5「雪おんな」　山田野理夫『アルプスの民話』潮文社、一九六二年
6「白馬の雪女」（長野）　和歌森太郎ほか編『日本伝説傑作選』第三文明社、一九七四年
7「雪女」（富山県下新川郡朝日町）　石崎直義編『越中の民話』第二集、未來社、一九七四年
8「雪女」（富山県中新川郡立山町）　稲田浩二ほか編『日本昔話通観』第十一巻、同朋社、一九八一年

採話地は、白馬岳山麓地方一帯、とくに長野と富山に多く、出版年も最古の『山の伝説』が一九三〇年であり、柳田国男の『遠野物語』の採話者である佐々木喜善が自身の『聴耳草紙《ききみみ》』を刊行したのが、これより一年遅い、一九三一年であるから、日本の口承文芸出版の歴史からみても、かなり古い伝承といえる。したがって、これだけの広がりと古さを前にすれば、白馬岳の雪女伝説が、ハーンの「雪女」の原拠ではないかという説が登場したのも、無理はないのである。

なお、この青木純二の一九三〇年というのは、白馬岳の雪女伝説として最古のものであるだけではなく、白馬岳という地名をもたない、東北や関東にも流布する、ハーンと同一の話型をもつ雪女の口碑伝説と比べてみても、最古のものである。したがって、この青木の取材源を突き止めることが、白馬岳の伝承だけでなく、ハーン型の雪女伝説の来歴を知る上でもっとも重要なことといえるだろう。

こうした「非白馬岳系」の伝説と比較した場合、これら白馬岳の伝承群は、きわだった特徴を二つもっている。まず、第一にストーリーの類似性が遙かに高いこと、第二に、八番目の『日本昔話通観』の話をのぞき、登場人物が、すべて茂作、箕吉という名前をもち、漢字の表記にいたるまでぶれがないことである。

青木純二の『山の伝説　日本アルプス篇』は丁未《ていび》出版から刊行された三〇〇頁を超える大著である。『遠野物語』から『山の人生』へと山岳地方の文化と伝承に特別な関心を寄せていた柳田国男が一二頁もの期待をこめた序文を寄せていることからも察せられるように、日本アルプス一帯を扱う山の伝説集としては先駆的なもので、民俗学や地方誌の分野で今なお評価が高く、近年、復刻版が二度にわたり出版されている。

収録されているのは、立山、黒部、白馬、上高地、穂高、御岳、乗鞍、駒ヶ岳、八ヶ岳などの、いわゆる日本アルプスの名峰にまつわる伝説一一七話で、自序によれば、「私は、山男たちから、山に住む人々から直接に聞いた口碑、古文書などに秘められた口碑をあさつて、ここに山の伝奇話

雪女が箕吉を脅す場面を見ておこう。

を集めた」（二頁）のだという。

この青木の本は、これまでハーン研究者の目に触れることがなかったようなので、とりあえずは、雪女が箕吉を脅す場面を見ておこう。

箕吉は、ぢつと女の顔をみつめた。眼は怖いけれど、大層美しい女だと思つた。女も亦、暫く彼を眺めてゐたが、やがて、箕吉に向つて囁《ささや》いた。
『私は、ほかの方のやうに、あなたをあつかはうとは思ひません。あなたはほんたうに美しい方だから、私はあなたを、どうもしますまい。そのかはり、あなたは、今夜のことを、誰にも話してはいけませんよ。たとへ、親身のお母さんにでもお話なさると、私には直《ぢき》とそれが知れますから、その時には、あなたを殺してしまひますよ。このことは、きつと覚えてゐらつしやい。(7)』

一読して、ああ、これは口碑ではない、とがっかりするのではないか。とくにいけないのが、雪女のセリフのしつこい代名詞の使われ方で、これだけで、この話の素性は明らかなのだが、念のため、平川祐弘訳で、ハーンの原作の該当箇所と読み比べておこう。

巳之吉は女がたいそう美しいと思った——眼はぞっとするほど恐ろしかったが。しばらく女

は巳之吉をじっと見つめていたが、ほほえんで、囁いた、

「お前も同じ目にあわせてやろうと思ったが、なんだか不憫になった。お前はあんまり若いから。お前は可愛いから、今度は助けてあげる。しかし今晩のことは誰にも話してはいけない。たといお母さんにでも言えば、只ではおかない。そうしたら命はないよ。いいか、わたしの言いつけをお忘れでないよ」[8]。

これはもう、記憶をもとに語ったというレベルの類似ではなくて、明らかに、ハーンの原話を机上において、一語一語、写したというレベルの類似である。

青木の「雪女（白馬岳）」は、ハーンの「雪女」の翻案だったのである[9]。

それでは青木が参照したハーンの「雪女」は、英語の原文なのか、それとも一九三〇年にはすでにいくつか出ていた和訳本なのか。

「箕吉」か「巳之吉」か

これも、青木の話が、口碑ではなく、翻案だと気づきさえすれば、難しい問題ではなく、主人公の「ミノキチ」が箕吉と翻字されていることから、おおよその見当がつくのである。中田賢次の調査によれば、ハーンの数ある翻訳で、「箕吉」という表記を使っているのは、ひとつしかない[10]。それは、すみや書店から一九一〇年に刊行された高濱長江（謙三）訳『怪談』で、これは日本で最初

の『怪談』の完訳本である。高濱訳と青木の話の一節を対比してみよう。まずは高濱訳。

或夜、子供が寝静まつてから、お雪は行燈の灯で裁縫をしてゐる。と箕吉は、お雪を見ながら

『お前が恁《か》うして裁縫してゐる顔を、灯影で見てゐると、私が十八の時に出会《でつくわ》した妙な事を思出させる。彼の時、私の出逢つた人は、今のお前のやうに真白で美しかつた――全くお前のやうに太層美しかつた……』と云ふと

お雪は、自分の仕事からは眼を離さないで

『お咄《はなし》なさいよ、其の女の事を……何処でお逢ひなさつて?』(一〇六頁)

つぎに青木の「雪女(白馬岳)」の一節。

それは或夜のことであつた。小雪が、行燈の灯で裁縫をしてゐるとき、箕吉は、ふと昔のことを考へながら云つた。

『お前が、かうして裁縫をしてゐる顔を灯影で見てゐると、私が十八の時に出会つた妙な事を思ひ出す。あの時、私の出逢つた女は、今のお前のやうに真白で美しかつた。』と云ふと、

小雪は、自分の仕事から目を離さないできいた。

『お話なさいましな、その女のことを。あなた、何処で、そのかたにお逢ひなさいまして。』（九八頁）

青木の文には、高濱を引き写した跡が随所にうかがえる。なかでも決定的なのは、ハーンの原文で "To see you sewing there, with the light on your face" に当たる箇所で、高濱はこれを「お前が佷《か》うして裁縫してゐる顔を、灯影で見てゐると」と、「灯影で見てゐる」という個性的な訳をしている。青木はそれをほとんどそのまま「お前が、かうして裁縫をしてゐる顔を灯影で見てゐると」と引き写しているのである。「灯影で見てゐる」という訳は、わたしの経験からいっても、そう簡単に出てくる訳ではない。

たとえば高濱訳の翌年に刊行された『英文妖怪奇談集』では、「お前が、燈りへ向いて針仕事をして居るのを見ると」となっているし[11]、もっとも流布した第一書房版の全集（田部隆次訳）でも、「お前がさうして顔にあかりを受けて」と平板に訳されている[12]。この一箇所を見ただけでも、青木が高濱訳を参照していたことは明らかだろう。

バレット文庫の「雪女」草稿

白馬岳の「雪女」伝説が、ハーンの「雪女」に由来するもうひとつの有力な証拠をあげておこう。それはバージニア大学のハーン・コレクション（バレット文庫）にある、ハーンの「雪女」の創作途上の、おそらくは中間段階と思われる原稿で、そこには「ミノキチ」「モサク」という名前が欠けているのである。これについて中田賢次はこう述べている。

（バレット文庫の）「雪女」七葉は、雪女出現のクライマックス場面の断片である。作品としての輪郭はかなりととのってはいるが、少年に父母がいたり、雪女が背高のっぽの姿になって消え去ったり、凍死した仲間が老人ではなさそうな点などを見ると、決定稿からほど遠い草稿と言えよう。しかも、この断片から推すと、二人の樵《きこり》には名前がまだ付けられていないようである。(13)

バレット文庫の草稿を今ここに引くことはしないけれども、「雪女」が、日本の口承伝説をほぼそのままの形で英語にしたものであれば、この段階の草稿に登場人物の名前、とくに主人公である「ミノキチ」の名前が欠けているはずがない。ここからは推測になるけれど、「ミノキチ」「モサク」の名前は、物語がかなり完成してから、日本人の助力者と相談しながら、ハーン自身が付けたものではなかろうか。よく知られた例をあげれば、「君子」の場合、ハーンは、この物語を教えてくれたセツと京都の祇園を散歩中に、行灯の文字に「君香」「君子」とあるのをみて、この名をつけたのだという。(14) まず物語があって、それから主人公の名を考えたのである。「雪女」でもハーンは同じプロセスを踏んだのではないか。ハーンは、日本語はできなかったが、日本語の響きには抜群の感性をもった人で、これは作中にわざわざローマ字表記で取り入れた、日本語のフレーズのすばらしさや、命名のセンスにはっきりとあらわれている。「雪女」にしても、その命名に注目すれば、なるほど老人は「モサク」がよく、若者のほうは「ミノキチ」でなくてはならない。ここにいかにもハーンらしい鋭い音感が感じられないだろうか[15]。

この推定が正しいとすれば、「モサク」「ミノキチ」の名前がそのまま使われている日本の口碑伝説は、直接的にせよ間接的にせよ、つまるところは、ハーンの「雪女」から派生した物語なのである。

しかし、それにしても青木は、柳田国男の序文までもらいながら（これは改めて読み返すと、こうした青木の悪癖への警告を含んでいるようにも思えるけれども）、なぜ、こんなことをしたのだろうか。いや、そもそも青木とはどのような人物なのか。

いたずら者の青木記者

青木純二の経歴については、これに触れた文献が一点しかなく[16]、それを読んでも不明な点が多いのだが、青木の二冊の単行本の序文や、大正末から昭和初期にかけての『新聞及新聞記者』『日本新聞年鑑』などの年鑑類の、該当年度の記載事項をもう一度調べなおしてみると[17]、おおよそ以下のようなことがわかる。

青木は、一八九五年六月十日、福岡市外千代町に生まれた。学歴としては「高等商業学校3年まで」としか書かれていない。その後、各地で新聞記者をしているのだが、勤務した社名を各年度ばらばらに報告しているので、いつ、どこで、どの新聞社に勤めたのか、正確な年度や順番がわからない。しかし、おそらくは福岡、北海道、新潟の順に任地をかえ、福岡毎夕、函館日日、高田新聞、新潟毎日、新佐渡主筆などを勤めたのだろうと思われる。一九二二年度の記載には、高田新聞社会部に在籍とあり、一九一九年十一月に入社とある。一九二四年度の記載からは東京朝日新聞記者高田支局主任となり、ほぼそのままで、一九二九年度版（一九二八年発行）までつづき、それ以降、記者名鑑に名前が見えなくなる。したがって一九三〇年の『山の伝説』出版前後にはすでに新聞記者をやめていた可能性もある。

また、青木純二は改名後の名前で、一九二四年度の記載には「青木純二（中尾兵志改名）」とある。しかし、その前の一九二二年度の記載には「牛尾兵志」の名で記載があり、また、著書の序文にも「私が牛尾を姓し」という一文があるので、「中尾」は「牛尾」の誤植で、旧姓は「牛尾兵志」が正しいようである。

著作としては「アイヌの伝説そのほか5」とあり、一九二二年度の記載には「伝説の九州、九州怪談集」という二冊の書名もあげてあるが、青木のそのほかの著書としては、『アイヌの伝説と其情話』以外は確認できなかった。趣味は「諸国の土人形を集むること」、信奉する主義は「皇室中心主義」とある。

この経歴でわかるとおり、一九三〇年の『山の伝説』は青木の処女作ではない。彼は、それ以前に、北海道時代に集めた口碑伝説を『アイヌの伝説と其情話』と題し札幌の富貴堂から一九二四年七月に出版していた。これはアイヌ伝説集としては出版史上、もっとも早い単行本のひとつで、『山の伝説』と同じく先駆的な試みだった。札幌での初版からほどなく、別の出版社から表題のみを変え版を重ねているので、評判も売行きも、それなりによかったのだろう。青木は企画者として優秀で、目のつけどころはいいのである。

青木はその序文で

私が牛尾を姓し新聞記者として北海道各地を流転中に得た大きな仕事はこのアイヌ研究であった〔°〕ここに書いたもの全部が古文書をあさり、あらゆる伝説研究書を読破し、その上、親しくアイヌ部落を訪ふて古老達に聞いた話ばかりである。

と、『山の伝説』と同じようなことを書いている。そして、あきれたことに、ここでも彼は、ハーンの「雪女」をもとに「雪の夜の女」というアイヌの伝説を捏造しているのである。

「雪女」と偽アイヌ伝説

『山の伝説』の「雪女（白馬岳）」では青木もそれなりに気をつかい、原作の木こりの老人と若者を、猟師の親子としたり、子供の数を十人から五人に減らしたりしているが、こちらのアイヌ伝説版では、ハーンの物語の細かい設定をほぼそのまま踏襲している。ただし、さすがにアイヌ伝説ということで、茂作、箕吉、小雪という和人名は使えず、老人、若者、女という普通名詞に置き換え、また「雪女」という呼称も、使っていない。その結果、物語はこんなふうに始まる。

「六十の坂を越した老人」と「未だ十八九の血気盛りの若者」が「毎日一緒に、村近くの大きな森へ仕事に通つてゐた」。「途中に可なり広い川が流れてゐた。そこには唯一艘の渡し舟があつて両岸の間を往来してゐた」。

女のしゃべる言葉はあいかわらず翻訳調で、

「私はお前を他の人間と同じ様にしてしまふ積りだつた。しかしお前は未だ若くて、美しい。それで今度は許してやるが、今夜見たことについて一言でも口外したならば、お前の命はそれまでだ」と言う。

女が産む子供の数も、ハーンの原話通り、寓話的な十人のままである。

ただ不思議なことに、これほど忠実に物語の設定を利用していても、肝心の「雪女」という言葉が使われていないために、妙にぼやけた印象しか残らず、読みおえてからも、これが雪女の物語だとはなかなか気づかない。あたりまえのことなのだが、雪女の物語は、「雪女」という言葉を用いてはじめて成り立つ物語で、いくら説明の言葉を書き連ねても、それが「雪の夜の白い女」ではどうにもならないらしい。その意味では、「雪女」伝説の本質を教えてくれる面白い翻案ではあるが、道義的にはやはり感心できない。

しかも、青木はもうひとつ、ハーンの「雪女」からアイヌ伝説を捏造している。「赤き乳の出る岩」と題された物語がそれで、昔、落石《おちいし》の部落にニヤブという腕のよい猟師の若者がいた。ある日、ニヤブは村の老人と山奥に狩りに出かけるが、途中、老人を見失ってしまう。一日中探しても見つからず、若者は一夜を大木の洞のなかで過ごすことにするが、そこに美しい黒髪の山の精があらわれる。若者が老人の居場所をたずねると、女は、老人はもう里には帰れないと告げ、若者と一夜を過ごす。女は、このことを決して口外しないように命じて姿を消す。

その翌年、美しい女が若者の家を訪れる。若者はその女と結婚し、子供が生まれる。ある夜、若者は酒に酔って「俺はお前によく似た女をたつた一度見たことがあるんだ」と山中の出来事を語ってしまう。妻は血相をかえ、「わたしこそその山の精です、あなたは誓を忘れました、もう、あなたと一緒に居ることが出来ません」と言い、自分の乳房を引きちぎって、傍らの岩に投げつけ、そのまま姿を消してしまう。

若者は気が狂ってしまうが、赤ん坊はその岩から流れ出る赤い乳をのみ、無事成人した。「乳房岩」は今も残っていて、乳の出ない婦人がこの岩に参詣すると、すぐに乳が出るようになる、というのがその物語である。

もうひとつ、よくあるタイプの乳岩の伝説と混ぜ合わせているが、中心にあるのは、やはりハーンの「雪女」だろう。困ったことに、この話は、後に石附舟江という人が『伝説蝦夷哀話集』（函館太陽舎、一九三六年）に「奇縁の妖精も子故の愛の闇」と改題し再話しているので、通俗的な書物のなかには、これをアイヌの伝説として伝えているものが他にもあるかもしれない。

さて、こうした捏造をどう考えたらいいものだろうか。もちろん青木は今日「東京朝日新聞記者」という肩書きから連想されるような、中央のエリート知識人ではないのだが、しかし、こうした行為が許されるほど、近代的な著作権意識と無縁の人ではない。ただ、こうした伝説昔話の出版物においては、出典や引用の作法について、妙にだらしのないところがあって[18]、青木も、この世界ならではの、こんな抜け道を用意している。


だがお断りせねばならぬことは、口碑といひ、伝説といひ、あるひは記憶の謬錯があり伝聞の訛誤があり、あるひは移動転訛せるものも少くない。著者は歴史家ではなく、民族研究者でもないのでこれらの考証は他日に期して、ここでは、数年間苦心して蒐集した口碑伝説を列記するにとどめる。[19]

たしかに、口碑伝説の転訛について、採話者は責任を負う必要はない。しかし、大正の末から昭和の初期に、同じ採話者が、北海道のアイヌから、そして次には、白馬岳の山人から、同じハーンの「雪女」に由来する物語を三度までも聞かされる確率はゼロに等しいだろう。

青木は、アイヌ伝説集の二話ではハーンという出自を隠そうとしているのに、『山の伝説』のほうでは、茂作、箕吉と名前の音をそのまま残し、題名にも雪女を用いて、ハーンとの近さをことさら強調しているように思える。その意図については推測するしかないが、ひとつにはアイヌ伝説二話の改作で、わたしが感じたように、この物語が「雪女」という言葉ぬきでは成立しないと気づいたためではなかろうか。そして第二に、札幌の小さな書店から出した前作とは異なり、『山の伝説』では、柳田国男の序文を付し、東京の出版社から出す以上、ハーンの「雪女」との類似を隠すことは難しい、であれば、むしろ、積極的に、ハーンが依拠したにちがいない、日本の原話になりすますほうが得策だと判断したのでなかろうか。だとしたら、もう少し上手に高濱の翻訳の痕跡を消すべきだったとも思うが、しかし、こんなずさんな翻案でも、彼の意図はまんまと成功してしまったのである。なぜなら、ここから白馬岳の雪女伝説は、本当の口碑として流布しはじめ、ついには、これをハーンの原拠とする説が登場してしまうからである。しかし、なぜそこまで成功したのか。

地名の魔力

これはハーンとは直接かかわらないことだが、青木は『山の伝説』と『アイヌの伝説と其情話』のあいだで、もうひとつ、奇妙ないたずらをしている。「桜の精（上高地）」は、たぶん、『アイヌの伝説と其情話』の「林檎の花の精」の使い回しだろう。話の内容は、山に狩りする若者が、山中で美しい女に出会い結ばれ、再会の約束をするが、若者は、恐ろしくなって、その約束を破ってしまう。翌朝、若者は満開の花の下で死んでいた、若者は花の精にとりつかれたのだろう、というものので、北海道の林檎の花を、上高地の桜に変えたばかりの同工異曲、ヤマもオチもない、なんともつまらない話だ。しかし、こんなものが、花にまつわる古い伝説として、後世の書物に拾われてしまうのである。近藤米吉『続・植物と神話』（雪華社、一九七四年）が掲げる、信濃の伝説「桜の精に見込まれた男」（五五一五六頁）とアイヌの伝説「リンゴの花の精に見染められた男」（三〇六一三〇七頁）がそれで、「桜の精」のほうは、さらに秦寛博『花の神話（Truth In Fantasy）』（新紀元社、二〇〇四年、五八頁）に拾われている。どんな種子でも名のある土地に播きさえすれば、必ず芽が出て花開く。日本の風土というべきなのか、世界共通の現象であるのか、わたしにはよくわからないのだが、とにかく、それが物語と地名の不思議な関係らしいのである。

物語は地名をもとめ、地名は物語に魔力を与える。結局、白馬岳の雪女伝説の流布において、青木の果たした最大の功績——これを素直に功績というのは、ためらわれるのだけれども——それは、雪女の伝説を白馬岳という地名に結びつけたことだろう。

もともとハーンの武蔵の国という設定は、この傑作にとっての唯一といってもいい弱点だった。かつては武蔵の国でも大雪が降ったのだと弁護する向きもあるけれど、やはり民俗学的にみて、武蔵の国は、雪にまつわる口碑伝説の豊富な土地ではない。また、大河を前にした雪深い森という風景も、どちらかといえば、日本よりも、ヨーロッパや北米大陸を思わせるものだ。それを青木は、信越国境の雪深い山中に移し、さらには、白馬岳という、その名がすでに物語性をおびた日本アルプス屈指の名峰と結びつけたのである。

白馬岳の雪女——

このみごとに詩的な響きだけで、物語としての成功は、約束されたようなものだった。この時点で、青木の偽作の流布は、止めようがなかったのである。わたしたちの伝説や物語の世界では、地名、とりわけ、美しい山岳高地の名前は、それほど大きな魔力をもっている。そもそも企画としての目新しさ以外、なんの取り柄もない『山の伝説』が、たえず一定の愛読者と模倣者を得てきたのは、そのためだった。こうして、ハーンの「雪女」は、日本の口碑伝説として、初めての——そして決定的な一歩を踏み出したのである。

疑惑のマリモ伝説（阿寒湖）

青木がアイヌから日本アルプスへと、ユニークな伝説集をたてつづけに二冊刊行した背景には、青木の勤める朝日新聞社が、一九二二年から一九二四年にかけて、『山の伝説と情話』『海の伝説と情話』『諸国物語』という三部作を刊行し、成功をおさめていたという、わかりやすい事情があった。これは『朝日新聞』が読者によびかけて、全国各地の珍しい口碑伝説を投稿してもらい、それをまず紙上で連載してから、単行本にまとめるという企画で、三年にわたり継続したことからみて、相当に好評で、また、よく売れたのだろうと思う。

こうした口碑伝説集の成功を身近で見て、青木は個人で、まず、アイヌの、次にアルプスの伝説集を出版したのである。ただ、『朝日新聞』が読者の投稿によった企画を、単独で、短期間に仕上げようとしたのが、まちがいの元で、しかも成功への野心を抑えきれずに、青木は、雪女伝説の偽作に手を染めてしまったのだろう。しかし、このややこしい出版事情ともからんで、青木には、もうひとつ、有名な伝説を偽作しているのではないかという疑惑がもちあがっている。

阿寒湖のマリモ伝説は、北海道を旅行した者なら、たいていはどこかで聞かされる有名な話で、アイヌの酋長の娘セトナと蘆笛の名手マニベが許されぬ恋のはてに命を絶ち、阿寒湖のマリモに姿をかえて、冷たい阿寒颪《おろし》が吹く頃、湖上には、女のすすり泣きにまじり、美しい蘆笛の音が響くという、悲恋物語である。しかし、この阿寒湖観光には欠くべからざる伝説が、地元のアイヌにはまったく知られていない話で、その出典をたどっていくと、結局は、青木の『アイヌの伝説と其情話』に載る「悲しき蘆笛」に行き着き、それより先には遡れない。どうもこれは青木が偽作した話らしい、という、白馬岳の雪女のケースによく似た、いかにも青木にふさわしい疑惑である(20)。

しかし、このほうは調べてみると、事実とは違っている。というのも「悲しき蘆笛」の本文にあたれば、その末尾には「(山の伝説と情話より)」ときちんと出典が書かれているからである。これはいうまでもなく、先にあげた、朝日新聞社刊の伝説集『山の伝説と情話』を指すのだが、書き方がまぎらわしかったのか、それとも青木が自作に類似のタイトルを用いたためか、これが本人以外の出典注記とは読めなかったらしい。青木には気の毒な誤解だが、青木自身の罪といえないこともない。

そこで注記どおりに、朝日新聞社の『山の伝説と情話』を開いてみれば、その一七三頁から一八二頁に「阿寒颪に悲しき蘆笛」という記事があり、投稿者の名前も永田耕作ときちんと記されている。結局これが阿寒湖のマリモ伝説の正しい出典なのだが、それでは永田が、どのような人で、どのだれからこの話の聞いたのかは、わからない。

これはハーンの「雪女」とはかかわりのない余談である。しかし、このあいまいな出典注記という問題が、この後の、白馬岳の雪女伝説の流布に大きくかかわってくるのである。

昭和の大説話集『大語園』

次に白馬岳の雪女伝説が活字になって登場するのは、昭和の大説話集『大語園』の第七巻である。青木の「雪女（白馬岳）」は、現物を一読しさえすれば、ただちにハーンからの翻案とわかるものだが、しかし、『大語園』に載った「白馬岳の雪女」は違う。その全文がハーン研究の専門誌に引用されているにもかかわらず、その正体を見抜けなかったのである。それはなぜか。

『大語園』編集者の巌谷小波《さざなみ》は、いうまでもなく、日本の児童文学、説話文学の開拓者であり第一人者、明治大正の大ベストセラー作家であるが、当時の小波は多忙をきわめ、また途中より大病に倒れてしまったので、実質的な編集・執筆は、小波の愛弟子である木村小舟《しょうしゅう》が任されていた。したがってこの「白馬岳の雪女」も小舟の選で、彼の筆になるものと考えてよいだろう。

『大語園』は「日本、支那及朝鮮、天竺に流布せる神話、伝説、口碑、寓話、譬喩談等を結集大成」（『大語園』第一巻凡例）し、これを主題別に分類し全十二巻にまとめた昭和初期としては並ぶものない大説話集だが、その編集の方針としては「支那天竺の説話に対して、最も力を傾け」「また我国に於ける説話採録の年代は……明治時代の物は悉く割愛した」とあるので、本来は、インド中国に由来する古典的説話の全集で、現代に流布する口碑は、収録の対象外のはずである。したがって、ここに白馬岳の雪女伝説が登場するのは奇妙にも思えるのだが、大正末から昭和のはじめにかけての巖谷小波は、小舟があきれ気味に「南船北馬と云はふか、東奔西走と申さうか、主として諸国の講演旅行に、其全力を傾倒」していたために、結果として「従来集積せる書典以外、地方的の材料をも、比較的容易に入手することが出来」（第一巻「大語園の発刊に際して」四頁）たのである。そうして図らずも書架に積み上がってしまった「地方的の材料」の一本に、青木の書物があって、そこに載る雪女の話のあまりのおもしろさに、小舟がつい、これを抄録してしまったというのが実情ではあるまいか。

木村小舟は、小波のもっとも信頼する助手として、博文館などで日本の伝説童話の執筆に腕をふるった練達の再話作家である。

或秋のこと、白馬岳の麓に住む、茂作と云ふ猟師が、息子の箕吉を連れて、山へ猟に出掛けた。

と語りはじめてから

小雪は屋根裏に出ると共に、一片の白い煙になつて消え、遂に山の方へ向けて失せてしまひ、それからはもう二度と、其姿を見る事が出来なかつたと云ふ。[21]

と語りおさめるまで、ほぼ一頁。口碑としては、ありえないほど冗長な青木の文章を、いかにも山村の炉辺で、古老の語りきれる自然な長さに縮めたばかりか、青木の翻訳臭まるだしの、生硬、不自然な表現のことごとくを修正し、またいかにも俗っぽい「情話」めいた雪女のセリフもけずり、どこからだれがみても、本物の口碑伝説のように仕上げてしまったのである。それがあまりにも見事だったために、記事の末尾におかれた「(山の伝説)」という括弧書きが、出典の注記ではなくて、これは古来、山に伝わる伝説であるという、但し書きのように読まれてしまうことになった。

こうして「白馬岳の雪女」は、日本古来の口碑伝説として、念入りに化粧をほどこされたうえに、「巌谷小波」という最高のお墨付きまで得てしまったのである。

北安曇の「雪女郎」の正体

口米の開戦を半年後にひかえた一九四一年六月、長野県飯田市の小さな書店から『信濃の伝説』という本が出版された。この時代によくこのような本が出版できたものだと感心するが、どのような仕組みなのか、戦時の統制下、意外なほど多くの民話や伝説の単行本が、地方の小さな書店から出版されていた。戦後のものといわれる民話ブームだが、その萌芽は実はこの頃にあったらしい。

『信濃の伝説』も、こののち、すぐに続編が刊行され、また、正続をあわせ編集しなおし、『信濃伝説集』と改題のうえ、一九四三年に再刊されている。ただし、どの版も部数は多くなく、流通ももっぱら信濃地方に限られていたのではないかと思われる。とくに最初の一九四一年の『信濃の伝説』は稀覯本で、わたしの近隣でこの本を所蔵していたのは、大阪の国立民族学博物館だけで、わたしもその一本を閲覧させていただいた。

この珍しい本の中ほどに、「雪女郎の正体」という、「北安曇」の伝説が記されている。

白馬嶽の晩秋といへば木の葉といふ木の葉はもうすつかり散りはてて世はまぎれもなき冬の姿となり、と云つてスキーには早くこの山に登ると云へば猟師位のものとなるのである。(22)

と妙に悠長な書き出しだが、読んでいけば、ここに登場するのは、猟師の茂作と箕吉の親子、ひどい嵐に襲われ、山小屋で休んでいるところに白い美しい女があらわれ、と、まぎれもない白馬岳の雪女伝説である。後に箕吉の嫁となる女は「小雪」を名乗り、生まれる子供は五人、と律儀に伝説を踏襲しているが、なぜか「雪女」とはいわず、最初から最後まで「雪女郎」という異称のみで押し通している。

著者の村沢武夫（一九〇一―一九九〇年）は、長野県飯田市北方の生まれ、尋常小学校卒業後、飯田裁判所の給仕となり、のち書記にすすみ、勤務の傍ら、地誌の研究や、アララギ派の歌人とし

て歌作につとめ、地元の山村書店から、信濃の歌道史や伊那の歴史・芸能についての著作を多数、出版している。(23)

村沢は、これら口碑伝承について「持って生まれた物好きから、信濃の国に伝わる口碑伝承と言ったものの跡を探り、古書をあさり、古老識学の士の言に耳を傾けて、集めたもの(24)」といい、個々の話の出典はもちろん、古書をもとにした取材なのか、聞き書きを中心にしているのかも、明らかでない。

しかし、この「雪女郎」の伝説についていえば、このなかに「お前がかうして縫物をしてゐる横顔を灯影で見てゐると」（『信濃の伝説』一四六頁）という特徴的な一文が使われていることで、およその見当はつくのである。これは、いうまでもなく、先に青木が高濱訳を引き写した証拠として挙げた「お前が、かうして裁縫をしてゐる顔を灯影で見てゐると」という一文を引き写したものにちがいないからである。つまり村沢の語る、北安曇の「雪女郎」の正体は、青木の雪女であって、この間の伝承は、またしても、机上の引き写しによるものなのである。

したがって、物語の大筋も青木と大差ないのだが、長さとしては『大語園』よりもさらに短く簡略化されている。ただし、その縮め方は、小舟ほど繊細でも巧みでもない。たとえば、雪女が白い息を吹きかけ茂作の命を奪う場面が欠落していたり、最後に子供について一言もふれないまま小雪が姿を消してしまったりで、文字による伝承で、ここまで抜け落ちてしまうのかと驚くほどの、変貌ぶりで、これがまた、次の世代の伝承で、読み解くのに少々、手間のかかる、ややこしい混線の問題を生むのである。

なお、本章の冒頭にあげた、民俗学雑誌『あしなか』に報告された「白馬岳の雪女郎」は、タイトルからもわかるように、明らかに、村沢の「雪女郎の正体」に依拠した再話であって、口碑の記録ではない。したがって、村沢の要約の欠陥もそのまま「伝承」していて、白馬岳の雪女伝説としては唯一、日文研のデジタル・データベースに拾われた貴重な報告ではあるけれども、伝承としては、あまり筋のいい話ではない。

二 ハーンと「民話」の世界

敗戦の傷跡が日本各地からようやく消え去った一九五六年、まだ無名であった若い児童文学作家の松谷みよ子が、夫の瀬川拓男とともに信濃を旅していた。目的は民話の採集であったが、その様子を松谷はこう回想している。

……全く無鉄砲だった。汽車で乗りあわせた人の家にも押しかけ、山で木を伐っている人がいれば坐りこみ、養老院に勤めながら話を集めている人がいるときけばそこを訪ねして、歩き回った。若くて貧乏で夫婦で歩きまわれば資金繰りも大変になる。(25)

そのために松谷は師匠の坪田譲治に借金までしたのだが、その苦労はやがて報われることになる。この調査で、松谷は、のちに『龍の子太郎』となる小泉小太郎伝説を発見し、また安曇地方では雪女の伝説にも巡り会い、それらを収めた『信濃の民話』は出版されるや、たちまちベストセラーとなり、いわゆる「民話ブーム」を引き起こすことになるからである。

その後の松谷の活躍ついては、あらためて解説する必要もないのだが、念のため、その大きな業績だけを拾い上げておけば、一九六〇年、『信濃の民話』取材中に構想をえた童話『龍の子太郎』によってサンケイ児童出版文化賞・国際アンデルセン賞を受賞し、六四年には『ちいさいモモちゃん』で野間児童文芸賞、七二年の『松谷みよ子全集』で赤い鳥文学賞を受賞、そのかたわら『民話の手帖』を主宰するとともに、多くの民話集を刊行し、民話の研究者・再話作家としても大きな足跡を残すことになる。

松谷みよ子と民話「雪女」

話を信濃の旅にもどすと、松谷と信濃の縁はふかく、戦時中の疎開や結核の療養など、この地で何年もの歳月を過ごしている。松谷は、一九二六年、東京神田の生まれで、東洋高等女学校卒業後、銀行勤務などをへて、終戦前後の四年間、長野県中野市に疎開していた。そのとき、同じく野尻湖に疎開していた坪田譲治の知遇をえて、生涯師事し、童話作家としての第一歩をふみだしている。帰京後、五一年、あかね書房より『貝になった子供』を出版し、児童文学者協会新人賞を受賞するが、結核の発病や失業など苦労を重ねるなか、勤務先の人形劇サークルで、劇団人形座の瀬川拓男と出会い、その影響で木下順二を中心とする「民話の会」に参加、民話への傾倒と関心を深めていく。瀬川に導かれ、劇団や街頭紙芝居活動などに参加しながら、五五年結婚、劇団「太郎座」を創設し、五六年、未來社の「日本の民話」シリーズの第一巻となる『信濃の民話』出版のために、疎開の地であり、夫の実家（上田市）もある長野県に民話採集の旅に出たのである。

『信濃の民話』は、旅の翌年、一九五七年に刊行された。「民話は売れない」[26]という、当時の出版界の常識を破り、売れに売れて、瀬川と松谷のもとにはただちに続編として『秋田の民話』の依頼がくる。こうして未來社の「日本の民話」は、一九八〇年に全七十九巻をもって、ようやく完結する大事業となり、一九六〇年代の民話ブームを先導したばかりか、一九七四年には、「ほるぷ」に版を移した「日本の民話」全二十六巻も、当たりをとって、第二次民話ブームの火付け役ともなった。[27]

『信濃の民話』は、木下順二の民話劇『夕鶴』とともに、一九五〇年代から七〇年代まで、ほぼ三十年にわたる「民話の時代」を先導した歴史的な書物である。その編集は、左翼演劇青年でもあった瀬川の好みで「信濃の民話編集委員会」という、妙にモダンな集団名義になっているが、実質的には、瀬川拓男・松谷みよ子夫妻の共著共編で、これをベストセラーにひきあげた原動力は、時代の大きな流れとは別に、松谷みよ子個人の、それまでの口碑伝説の出版物にはなかった、知的であると同時にすぐれて大衆的な、明るい語り口にあったと思われる。そしてこの『信濃の民話』のなかに、「白馬岳の雪女伝説」は、安曇野の伝承として、四度目の、しかももっとも完成された姿での登場を果たすのである。しかし、ほとんどの人が見逃していたのだが、そのみごとな民話「雪女」の末尾には、小さな活字で短い二行の注記が記されていた。

採集　村沢武夫
再話　松谷みよ子

松谷の「雪女」は、村沢の「雪女郎の正体」の再話だったのである。

一般向けの民話集としては、こんなメモでも出典注記があるだけましなのだが、それにしても、もう少し親切な書き方はできなかったものだろうか。多くのハーン研究者同様、わたしも、この「村沢」を「信濃の民話編集委員会」の一人と思いこみ、松谷の「雪女」が、信濃の山麓で語りつがれた口承伝説を「採集」したものだとばかり思い込んできた。結局、これで青木から松谷まで、白馬岳の雪女伝説で、フィールドで採話されたものはひとつもなく、文献だけで一直線につながってしまったのである。

こういうことだったのかと、調べたわたし自身が、呆然としている。

白馬岳の雪女伝説を伝承させてきたのは、民話を「聞こう」という情熱でなくて、民話を「書こう」という欲望だった。さらにいえば、そうして「書かれた」民話なら「読みたい」という読者の需要が、そうした行動を後押ししていたのである。

「民話」という都市芸術

しかし、その内容についていえば、松谷の再話した「雪女」には、いくつもの驚くべき特徴があった。それは松谷の民話すべてに共通する特徴なのだが、とりあえずは「雪女」の次の一節を（できれば声に出して）読んでいただきたい。


戸がかたりとあいて、吹雪がどっと舞いこんだかと思うと、その風にふきこまれたように、一人の美しい娘が戸口に立っていたのです。

「誰だ。」

箕吉はさけぼうとしました。しかし声は出ません。体もうごきません。娘はすっと入ってくると父親の茂作の上に静かにかがみこんで、ふーっと白く凍った息をはきかけました。

「誰だ。」

箕吉はもがいて、又さけぼうとしました。(28)


ひらがなと擬音語の多い、シンプルで読みやすい文章は、松谷が坪田門下の児童文学作家であるから当然のこととして、もうひとつの特徴として、ストーリーが、セリフとアクションとト書きのような短い説明で区切られ、小気味よいテンポで進行することが挙げられる。ひとことでいえば演劇的なのである。これは、ハーンを含めて、これまでの雪女伝説にはない特徴だった。雪女はこれまで、ハーンから村沢にいたるまで、基本的には三人称の物語として語られてきた。ハーンも時にはすばらしく劇的に物語るが、全体としてここまでシナリオ的ではないし、リズムもまた、これほど陽気ではない。ハーンの「雪女」が、心の奥底の記憶や思念をのぞきこませ、黙らせてしまうような根源的な怖さと悲しみをたたえているのに対して、松谷の「雪女」は、対照的に軽やかで、読者に、声をあげて読み、子供に語り聞かせ、演技や演出に誘い込むような、活動性をもっている。

村沢の底本で、これに該当する箇所をみてみると、

……箕吉もそれに吊りこまれて遂うとうと眠くなつたかと思ふとたん一人の若い美しい女が戸口にあらはれて囁くことに、(『信濃の伝説』一四五頁)

と、ただの二行しかない。

松谷がいかに原拠をふくらませているか、この一節だけでもよくわかる。

ここで、注意したいのは、このめりはりの利いた、語りのリズムが、なにに由来するのかということである。それはたとえば、松谷以前に民俗学の研究者が忠実に記録した、方言のままの、あるいは、なるべく方言のおもむきを残そうとした語りの、読みにくい、ごつごつしたリズムと明らか

に異なるものだし、演劇的とはいっても、松谷らの師匠である木下順二の『夕鶴』のもつ、息のつまるような、人工的なリズムとも、まるで違うものだった。

もともと『赤い鳥』の欧風童話を好み、日本の民話を下品だと嫌っていた松谷を、この世界に「引っぱり込んだ」(『松谷みよ子の本』第十巻、一九九頁)のは、東京の下町の子供を相手に、人形劇などで教育活動をしていた瀬川で、そのやり方は、現場第一の、とにかく実践的なものだったらしい。これは一九五三年頃のことと回想されているが、松谷は、三河島で紙芝居の活動をはじめた瀬川から、紙芝居の紙を引き抜く稽古までつけられている。

……一枚、一枚、引き抜くとき、ただ引き抜けばいいというものではない、半分引き抜いて語る場合もある。抜く手もみせずさっと抜くときもある。場面によっては太鼓も叩かねばならぬ。何よりもまず、拍子木を打って、子どもを集めなくてはならない。(『自伝　じょうちゃん』一八二頁)

終戦後、日本に引き揚げるまで一年間、満州に居すわり、父親とともに「一膳めし屋もやり、かっぱらいもやり、襲ってくる匪賊とたたかった」(『自伝　じょうちゃん』一七九頁)瀬川にとっては、ごく当たり前のことだったが、自他共にみとめる山の手育ちの「じょうちゃん」には、まったく新しい文化体験で、それだけにこうして身につけた大道芸の呼吸とリズムは、松谷がやがて語りはじめる「民話」のなかにも、しっかりと活かされていったのである。

そしてもうひとつ。松谷と瀬川は、信濃での民話採訪の旅という、いかにも古めかしい仕事のまえに、一九五三年にテレビ放送を開始したばかりのＮＨＫからの依頼で、テレビでの「動く絵ばなし」という企画を成功させていた（『自伝　じょうちゃん』二〇四頁）。松谷の語る「民話」は、その農村的な仮面の下に、都会の子供と、新時代のメディア向きの、せっかちなリズムと、どぎつい「わかりやすさ」を、はじめからそなえていたのである。松谷の語る「民話」は、童話、紙芝居、人形劇、アニメ、どんなジャンルの表現形式とも相性がよく、時間でいえば、もっとも需要のある、五分から十分ぐらいの短編に向いていた。それらは語られるそばから、さまざまなマスメディアで変換・消費され、ついには、『夕鶴』の端正な語りを、文学史の片隅へと追いやってしまうのである。

『夕鶴』と「雪女」

ただし、松谷自身は、「民話」という言葉に「新しくスポットをあて、一つの運動として盛り上げていったことについては……「民話の会」の力が大きかった(29)」と、今なお、木下順二をその理論と運動の中心に仰ぐ、伝統的見方を捨てていない。「民話の会」は、木下順二の民話劇『夕鶴』の上演を機に、一九五二年に発足している。「はじめは、岡倉士朗、山本安英、木下順二、松本新八郎、林基、吉沢和夫氏たちで月に二回、一回に二十円の会費を集めて話し合う気楽な会だった」

（『松谷みよ子の本』第七巻、四八二頁）という。しかし会は発展をつづけ、ついには、その周辺にいた松谷と瀬川を信濃へ送りこむことになる。『信濃の民話』を出版した未來社は、一九五一年末の『夕鶴』の刊行をもって発足した新会社で、一時期は「民話の会」の機関誌の発行も引き受けていたから、「民話の会」の活動と「日本の民話」シリーズの企画は、いわば表裏一体の関係にあった。

松谷はこの「民話の会」の理念について、

> 民話は発見されねばならぬ、かつて生きていた民話の命をとらえ今の世の中によみがえらせたい。伝統的な話と、新しく生まれた話と、二つのもののつながりを見いだし……民族のエネルギーを正しく表現する文化を創り出そう、こうした意欲に燃えて、「民話の会」はエネルギッシュに、創造面、理論面での活動をつづけた。（『松谷みよ子の本』第七巻、四八二頁）

と熱く語っている。正直いって、わたしには、これらの人々の用語と思想が完全には理解できていないのだが、ただし、この運動の関係者にとって、木下順二と『夕鶴』が、仰ぎ見るような大きな存在であったことは、充分理解できる。

『夕鶴』は、一九五〇年、弘文堂より刊行、同年の一月に東京の毎日ホールで上演されている。木下が、戦争中、恩師の中野好夫の勧めで読んだ民話のおもしろさにひかれ、ほぼそのままの物語を芝居にした『鶴女房』を、戦後、大幅に書き改めたもので、もともとは、柳田国男編『全国昔話記録』のなかの一冊『佐渡島昔話集』に取材したものであるという[30]。話の筋は単純で、人はよいが愚か者の与ひょうは、かつて命を救ってやった鶴の変身である、美しい女房のつうとしあわせに暮らしているが、欲に目がくらみ、つうが織る千羽鶴の織物をもっとくれとねだり、けっして見てはいけないといわれていた、機織り部屋をのぞいてしまう。正体を見られたつうは、残り少ない羽で最後の布を織り上げ、夕焼け空に消えていく。

昔話の型からいえば、これは、「狐女房」とならぶ、日本の伝説を代表する異類婚姻譚「鶴女房」であるから、同じく異類婚姻譚に分類される「雪女」とは、よく似た物語なのである。『夕鶴』を民話の理想と仰ぐ松谷と瀬川にすれば、同型のモチーフに巡り会えた以上、その素性が少しあやしく、フィールドで採取されたものでなくても、これに大幅に手をいれたうえで、最愛の小泉小太郎伝説のまえに置いたのは、当然のことだったのである。

『夕鶴』と「雪女」の類似から、木下順二とハーンの芸術上の相似に話を移せば、木下は、ハーンとけっして無縁の人ではなかった。順二の父、木下弥八郎（中央開墾株式会社取締役）は、旧制熊本五高の第三回卒業生で、ハーンの直接の教え子であった。また順二自身も小学四年生から熊本に暮らし、中学時代すでに百枚ほどの「ラフカディオ・ハーン――その研究」をまとめていた[31]。旧制五高に進学してからはさらに本格的なハーンの伝記に手をそめ、これは後に『木下順二評論集』に収められ、今なお、ハーンの熊本時代ついての必読文献とされている[32]。ハーン研究者の眼には、戦後、木下が民話の芸術的再生に取り組んだ背後に、ハーンの影響がはっきりと見て取れるのであるが、残念なことに、戦後、木下が自身の芸術との関連でハーンを語ることはほとんどなくなってしまった。

今わたしは、ハーンの影響のもとで木下が民話の再生運動に取り組み、その成果である『夕鶴』の影響下で、松谷みよ子が「雪女」を再話したのであろうと、ずいぶん、まわりくどい因縁話を書いているのだが、実をいえば、松谷の再話とハーンの「雪女」は、もっと直接的につながっていた。

「雪女」の改良・修復

話をここで今一度、松谷が採録した民話「雪女」に戻すが、ここには、原拠である村沢の「雪女郎の正体」によっては説明のつかない変更がいくつかある。「雪女郎」が「雪女」に戻されていることは別にして、まず気になるのは、雪女が箕吉の妻となって、「お雪」と名乗っていることである。白馬岳の雪女伝説では、青木から『大語園』、村沢にいたるまで、雪女はずっと「小雪」と名乗っていた。雪の精である雪女が「小雪」を名乗るのはどうかなと思っていたので、松谷がこれをハーンと同じく「お雪」に改めたことには賛成するのだが、それでは松谷はなにに依拠してこの変更をおこなったのだろう？

そう思うと、さらに不思議なことがあって、村沢の「雪女郎の正体」では、前にふれたように、雪女が茂作のうえにかがみこみ、白い息をふきかけるという場面が欠落している。箕吉はいきなり雪女に、自分が現われたことは他言してはならぬと口止めされ、雪女が姿を消してから、あわてて茂作をゆすって、すでにことときれていることに気づく。これは、青木や『大語園』にはない、ずさんな要約で、これではハーンがせっかく視覚化した雪女の魔力が消えてしまうばかりか、肝心の、茂作の死が雪女の仕業であることさえ、わからなくなってしまうのである。ところが、松谷はここにきちんと修正を加えていて、

娘はすっと入ってくると父親の茂作の上に静かにかがみこんで、ふーっと白く凍った息をはきかけました。(『信濃の民話』一七〇―一七一頁)

と、雪女の魔力をふたたび視覚化している。

村沢の「雪女郎の正体」には、もうひとつ困った欠落があって、物語の最後で、「小雪」は、

「とうとうあなたは一言も口外になさらないと誓つたお約束を破りましたネ、何をお隠し致しませう、妾《わたし》はあの時山小屋を訪れた女です、あなたの仰有る通り妾は雪女郎でした雪の精でした。」(『信濃の伝説』一四七頁)

と言って、姿を消している。つまり、「今となっては、子供がいるから、あなたを殺せない」という、この物語には不可欠とも思える重要なセリフが欠落しているのである。もちろん、松谷は、こ

こもみごとに修復している。

「とうとうお前は一言もしゃべらないという約束を破りましたね。おぼえていますか、このことを話したら、お前の命をとるといったことを。しかしわたしたちには子供がいます。お前を殺すことはできない。けれどもうわたしたちはこれでお別れしなくてはなりません。

何をおかくししましょう、わたしはあの時山小屋を訪れた女です。お前のいうとおり雪女です。雪の精です。」(『信濃の民話』一七三―一七四頁)

「しかしわたしたちには子供がいます。お前を殺すことはできない。」というのは、いかにも松谷らしい、癖のない言い方である。演じ方により、語り方により、いかようにも演出できる「まっさら」なセリフである。松谷の再話する民話がなぜ、読み聞かせをする母親や教師たちから、そしてテレビや芝居の演出の現場で、あれほど絶大な支持を受けてきたのか、この一行の処理をみると、よくわかる。

しかし、松谷は、なにによって、こうした修復をおこなったのか。まさか、この論文のように、わざわざ青木純二や『大語園』にまでこの伝承をさかのぼったわけではあるまい。「小雪」がハーンの原作にしかない「お雪」に戻されていることから見ても、松谷はまちがいなく机上に置いたハーンによりながら、村沢の物語を「再話」したのである。

ハーンによらなくても、そんな加筆は、ある程度、修練を重ねた作家なら、だれにでもできるのではないかと思われるかもしれない。ところが必ずしもそうではない。実は、職業作家が村沢の「雪女郎の正体」を再話した例がもうひとつある。冒頭に掲げた、白馬岳の雪女伝説のリストの六番目にある「白馬の雪女」がそれで、松谷の『信濃の民話』から十二年後の一九七四年に刊行された『日本伝説傑作選』に収録されている。筆者は中山光義という職業作家で、例によって出典についてはなにも書かれていないのだが、内容から見て、まちがいなく、松谷と同じく、村沢武夫を原拠とした再話である。

ここでは雪女は小雪を名乗り、茂作が白い息を吹きかけられるシーンが欠落し、小雪は、子供についてなにもいわぬまま姿を消してしまう。村沢のずさんな語りは、ほとんどそのまま忠実に引き継がれている。再話の前半に、山の猟師の服装や食料について、そして、晩秋の熊が山の木の実を食べ脂がのっていることなど、原拠にはない加筆がふんだんにほどこされているにもかかわらず、である。つまり原話にいらざる装飾を加えるのは容易だが、欠落してしまったものを元に戻すことは、職業作家にとっても、想像力だけではほとんど不可能なのである。

栽培植物や家畜動物の育苗・育種の世界では、ある系統が世代を重ねて衰弱してしまう場合、原種にかけ戻すことがあって、これを「戻し交配」というが、松谷のしたことは、明らかに、再話文学における戻し交配であった。[33]代を重ねるたびに衰えていった、白馬岳の雪女伝説は、ハーンの原話に帰ることで、面目を一新し、ここではじめて、独立した「民話」として、鑑賞可能なレベルに達したのである。その意味でわたしは、白馬岳の雪女伝説を産み出したのは、松谷であったと思う。松谷は、おそらく、進歩主義的な「民話」運動の理念にしたがって、より「近代的」なハーンをひそかに取り入れることで、土着の「遅れた」伝説を「改良」したつもりだったのだろう。わたしは、ここに松谷の意外な「都市性」がはっきりと感じ取れるように思うのである。そして、この改良された「民話」の出現が、皮肉にも、ハーンの「雪女」の原話が白馬岳の雪女伝説であることの決定的な証拠とされてしまうのである。

「情話」から「童話」へ

そして、最後に松谷が「雪女」におこなった重要な変更をもうひとつ、付け加えておく。それは、松谷がもっぱら子供に向けて「雪女」を語っていることである。もともとハーンの「雪女」が、青木の翻案を含めて、子供向けではなかったことを考えると、これはかなり驚くべき重要な変更で、しかも、『信濃の民話』は、ルビの振り方などからみて、児童書とはいえないから、これは、あくまで松谷個人の志向によるものなのである。

詳しくは四節で扱いたいので、ここではあまり深入りしないが、ハーンの「雪女」は、基本的には「母と子の物語」である。これは、なによりも雪女と巳之吉の関係にいえるのだが、そのほかにも、巳之吉には初めから父親がいなくて、母子家庭であり、その母が作中、大きな役割を果たしていること、また、お雪の最後の言葉が、夫よりも子供を気遣う言葉であることなどにも、はっきりとうかがえるのである。このように物語の基本構造は、母と子の物語であるのに、その主人公である、巳之吉とお雪が夫婦として結ばれてしまうのであるから、ここには禁忌的なロマンスの気配も濃厚に漂っている。ハーンは、その危険なセクシュアリティを、「雪女」という異類婚の禁忌でたくみに隠蔽し、最後には、子供のために巳之吉を許してやるという、強引なやり方で、母性愛の物語にまとめあげてしまうのである。

この異常なヴィジョンが、そのままでは日本の「口碑」に変換できないのは明らかで、青木純二は、とりあえず、この母子の構造をばっさりと切り捨てて、物語の表面的なセクシュアリティとロマンスだけをすくいあげ、箕吉と茂作を親子にすることで、父を殺した異類の女と結ばれるという、なんともわかりやすい、伝奇的な「情話」にしたてあげた。

もともと青木は男女の色恋を伝説や神話に託して語る情話が大好きで、『山の伝説』出版以前にも、雑誌『太陽』に「日本アルプスの伝説」九話を発表しているが、これが一話をのぞき、すべてが情話であった。(34)『山の伝説と情話』というタイトルは、すでに青木以前に朝日新聞社が使用してしまっていたが、内容的には、むしろ青木の書物にふさわしかった。そして、青木以降も、白馬岳の雪女伝説は、もっぱら、大人向けの情話として語り継がれて、松谷を例外として、その傾向は、時代が下がるにつれ、強まっていたのである。それは、たとえば、雪女が箕吉にかける最初のセリフの変化をみていくだけで明らかだろう。

「あなたはほんたうに美しい方だから、私はあなたを、どうもしますまい。」（青木『山の伝説』九七頁）

「あなたは本当に綺麗なお方です、妾はあなたを見たらたまらなくすきになりました、」（村沢『信濃の伝説』一四五頁）

「箕吉さん」

娘は、なれなれしく言葉をかけた。

「わたし、あなたを一目見て好きになりました。これから一年経ったら、あなたのところへ訪ねて行きます。ただ、わたしのことを、誰にも話してはなりませんよ。いいですか、これだけは堅く約束してくださいね」

そう言って箕吉の手を握り、ニッコリ笑った……（『日本伝説傑作選』一〇一頁）

最後はもう、山の伝説というよりは、場末の飲み屋の光景のようである。松谷はこの場面の扱いにずいぶん困ったようで、

「お前は何という様子のいい若者だろう。わたしはお前が好きになりました。」（『信濃の民話』

一七一頁）

と、わざと古風に堅苦しくすることで、生臭いセクシュアリティを抑制している。しかし、これは童話的というよりは神話的な処理だろう。

松谷の「雪女」の童話性がもっとも強く感じられるのは、父を亡くした箕吉の心細さを徹底して強調している点だろう。

「おとっさま！　おとっさま！」
箕吉は茂作をゆりおこしました。今みた夢ともうつつともわからぬ娘のことが急におそろしくなったのです。しかし茂作は眼をさまそうともしません。
「おとっさま！」
もう一度はげしくゆすぶった箕吉はとびあがりました。

　「あ、おとっさまは死んでるじぃ！」

　次の朝、箕吉はよろよろと山をおりて村人に父の死をしらせました。村人の世話で野辺の送りをすませるともう箕吉は一人ぼっちの身の上でした。
一人で山を狩り暮し、帰っては一人で粥を煮るわびしい暮しが一年余りもつづいた、ある冬の夜の事でした。（『信濃の民話』一七一頁）

松谷は十一歳のときに、父與二郎を交通事故で亡くしている。與二郎は有名な無産派の弁護士で政治家であったが、金にならない刑事事件ばかりを引き受けていたために、死後、借財しか残さなかった。そのため、松谷は、十七歳で女学校を出ると、友人たちが女子大や女子師範に進むのをうらやましく思いながら、就職せざるをえず、勤めがいやで毎日、泣いて暮らしていたという[35]。

この短い一節で、四度にわたり繰り返される「おとっさま！」の叫びは、こうしてみると松谷の私的な語りのようにも思えるが、作品の技巧として読めば、戦後の街頭で子供たちを呼び集める、にぎやかな「拍子木」の音にも聞こえる。

そうして老練な猟師の父を失い、天涯孤独の身となった箕吉のもとに、ある日、同じく「孤児」だという「お雪」が訪ねてくる。

みるにみかねてなかへいれ、粥などすすめて話しあううちに、娘は親もなく兄弟もないひとりぼっちの身の上だという事がわかりました。親のない者同士の心はいつかとけあって、その娘はとうとうこの村に住みつき、箕吉と夫婦となりました。（『信濃の民話』一七二頁）

ここには、ハーンの物語の中段を彩る、恋の道行きのくだりはない。「雪女」は、はっきりと情話から、童話へと姿をかえている。やがて、お雪は去り、物語は、はじまったとき同様、母のない、父と子の暮らしに戻ってゆく。

こうして松谷は、本来「情話」であった白馬岳の雪女伝説を「民話」という名のもとで、孤児《みなしご》を主人公とする「童話」に作りかえてしまった。『信濃の民話』が一般向けの民話集であり、子供向け童話集ではなかったにもかかわらず、である。『信濃の民話』刊行の三年後に、松谷は坪田譲治からの依頼で「日本童話全集」の第九巻[36]に、これを「雪女の話」として、小学生向けの童話に書き改めているが、冒頭に季節の描写を少し加え、全体にルビを増やしただけで、本文はほとんどいじっていない。松谷の「雪女」は、はじめから童話だったのである。

増殖する「雪女」と消える足跡

民話「雪女」は、松谷が児童文学作家・民話研究者として名声を高めるにつれ、さまざまな形で、改題、改版、増刷され、とほうもない数で、六〇年代、七〇年代の日本に広まっていく。その売行きをまざまざと示すエピソードをひとつだけ引いておこう。

これは一九七〇年代のはじめに刊行された、松谷・瀬川共編の『日本の民話』（全十二巻）にまつわる話らしいが、その依頼のために、ある日、大手出版社の編集者が松谷のもとを訪ねてきた。その人物は、

応接間に入って腰をおろすなり、

「二十万部売る男です。」

そういって名刺を差し出しました。まずのっけから売れる、売ってみせるという若さと野心が顔に出ていました。社長の息子で、彼の企画はつぎつぎと当たり、なるほど二十万部は売っている男です。でも私はそのとき心の中で、なにさ、と思いました。二十万部くらいでエラソーにするな。でもまあそこはオトナで、

「おや、そうですか。」

なんて、にっこりしました。……用件はと問いますと、

「日本の伝承を全十二冊にまとめていただきたい。編集も書くのもおまかせするが、膨大な仕事なので周囲の若い人なりを御起用下さって差し支えない。」（『松谷みよ子の本』第七巻、一〇六頁）

なるほど七〇年代の民話ブームとはそういう時代だったかと今さらながら驚かされるが、この十二巻の民話全集は無事完結し、「二十万部にはほど遠いにしろ、かなりの部数が収入を約束してくれ」たという（『松谷みよ子の本』第七巻、一〇八頁）。松谷は、もちろん、この全集にも「雪女」を収録しているが、先に紹介した「日本童話全集」の「雪女の話」同様、ここではもう「採集　村沢武夫」の注記は見当たらない。師の坪田と同じく、柳田国男の「昔話はお国のものだから遠慮しなくていい[37]」という助言を信奉するようになったのか、それとも、度重なる改作によって、もはや村

沢を原拠と書くことは適当でないと考えるようになったのか、そのあたりのことはわからない。いずれにせよ、ここから先、増殖する「雪女」の足跡をたどることは、きわめて難しくなる。

以下に松谷の出版した「雪女」の、『信濃の民話』(一九五七年)以降の簡単な書誌を掲げておく。ここにはリプリントや文庫化による改題、再刊などは、初期の重要なケースをのぞいて、含めていないので、実際の出版点数と流布した部数は、これより遙かに多くなるだろう。

(坪田譲治編)『ふるさとの伝説(東日本編)』「日本童話全集」第九巻、あかね書房、一九六〇年〔後、『日本の伝説(東日本編)』と改題し、偕成社文庫から復刊〕

『日本のむかし話』三、講談社、一九六八年

『日本の民話　宇野重吉の語りきかせ』第二、風濤社、一九七二年

『自然の精霊』(日本の民話　二)角川書店、一九七三年

『昔話十二か月』(二月の巻)講談社、一九八六年

『松谷みよ子の本』第九巻(伝説・神話)講談社、一九九五年

『読んであげたいおはなし　松谷みよ子の民話』(下)筑摩書房、二〇〇二年

『いまに語りつぐ日本民話集』第二集十一、作品社、二〇〇二年

『やまんばのにしき　日本昔ばなし』ポプラ社、二〇〇六年

三　怪談作家ハーンの誕生

小さな崇拝者

「雪女」の童話化は、必ずしも松谷が創始したものではない。実は、それより少し以前から、戦後の出版界と教育界において、ハーンの『怪談』そのものが児童文学化し、いわゆる「少年少女」向けの「世界名作」全集の欠くべからざる一巻となっていたからである。つまり、松谷以前に、ハーンの「雪女」そのものが、童話化していた。

これは戦前の学校・家庭教育の規範からすれば、かなり意外で大きな変化だった。日本において『怪談』は、原著刊行からほどなく、明治の末には初の完訳本が出され、またその後も、英語の教科書版や対訳なども含めて、いくつもの版が出版されていた。しかし、それはあくまで成人向け、あるいは英語の学習教材としてのことで、『怪談』が特に、児童向けに、あるいは童話として、翻訳・出版されることは、第二次世界大戦以前にはなかった。それは『怪談』に限らず、ハーンがそれ以外の作品集に書いた、いわゆる「怪談」ものについても同じことだった。

しかし小泉家では様子が少し違っていた。長男の一雄は幼い頃にハーンからよく怪談を聞かされていた。

父は徒然の折柄、よく種々神秘的な怪談を皆に語つて聴かせてくれましたが、あの簡単な而も、てにをは外れのブロークンな日本語で話すにも不拘《かかわらず》、其の意味は誰にもよく徹底しました。夕闇迫る頃など、大きな目鼻の父の表情が何となく恐しく、其顔色さえ蒼白に見えて、「怖い、もう止めてッ!」と思はず私は叫ぶこともありました。(38)

そして満で十歳になる少し前にハーンから原文で『怪談』を読まされていた。

父の歿する約一月前から——是は私が生意気にも所望した為でしたが——父の著「怪談」を読ませられてゐました。如何なる理由でしたか此の怪談では何《ど》の章も（虫に関する論文を除く）割合にすらすらと読めて訳も相当にやつてのけましたので一度も父に叱られませんでした。……「此の本あなた真実《ほんとう》好きですか?」と幾度も尋ねました。「容易《やさ》しくて面白いです。」と答へる度に父は苦笑してゐました。「パパが自分の著書《ほん》を息《むすこ》に教へる事誰にも云ふないよき。私少し恥る。」と申してゐました。(39)

ハーンの『怪談』は一雄にとっては亡き父から聞かされた最後の「童話」だったのである。ハーンが心臓発作で急死した日、一雄はちょうど「安芸之介の夢」を読了したところだった。

ハーンは自分の怪談が子供に害悪を及ぼすものだとは考えていなかった。それは正しい考え方だと思うが、明治から敗戦にいたるまでの出版界や教育界は、そうではなかった。これは、まだハーンの翻訳出版について信頼できる書誌がないので、わたしが手元の資料や図書館・国語教科書のデータなどから推測することとなのだが、むしろ、ハーンの「怪談」は、児童向けの出版と国語教育の現場では、はっきりと忌避されていたと思われる。

それは戦前の教育理念からして当然のことで、その根本にある、儒教と欧化主義からいえば、土着の幽霊、妖怪、狐狸話などは、二重の意味で唾棄すべきものと考えられていた。ハーンの作品が児童教育の方面で擁護されるのは、ナショナリズムというもうひとつの大原則に掬われたときであろうが、その原則からしても、「耳なし芳一」や「雪女」といった、純然たる幽霊・妖怪物語は、推賞される作品とは見なされなかったろう。戦前のハーンの研究者は、この限界を熟知していたようで、田部隆次のように「論文と随筆、および物語は考証よりも遥かに貴く、物語は論文と随筆よりも更に貴い」[40]と認めていたとしても、ハーンの芸術を『怪談』に代表させることはなかった。

新曜社の『講座小泉八雲I』の「資料編」に翻刻された、ハーンの弟子や同時代人の回想を読んでも、日本におけるハーン評価の変遷をたどった速川和男の論考を読んでも、彼らの関心は、ハーンの物語文学よりも、英文学講義やより知的な評論や考証に向けられていたように思える。彼らが、偉大なる西洋文学の源泉であるハーンに期待していたのは、子供にでも読めるような英語で書かれた日本の幽霊話ではなかった。おしゃれでモダンな厨川白村《くりやがわはくそん》などは、ハーンの怪奇趣味そのものが嫌いで、ハーンが講義で勧めてくれた英文学の怪談は面白くないと不満を漏らしている[41]。上田敏も

「先生の佳作? そうですね、私の見たうちでは振袖火事の話。戒名の記事。犬の遠吠の記事などが殊に佳いと思ひます[42]」と妙に通人めかし、「怪談」ものをほめようとはしなかった。坪内逍遙は、ハーンの著作七、八点について短評を残しているが、「『怪談』『骨董』などといふ作も所々に見所があります」というだけで、わざわざ個々の作品名をあげて、「最も妙」と評した「美の凄哀」「碧色の心理」や「絶妙」と激賞した「盆踊り」などと比べると、明らかに評価がひくい[43]。

もう少し時代の下った実作者たちがハーンに学んだのは、おもに叙景や文体で、永井荷風は『チータ』冒頭の嵐の描写に感心し[44]、志賀直哉は文体をハーンから学んだという[45]。おそらく同時代の作家で、ハーンの『怪談』をもっとも高く評価し、ひそかに自分で競作を試みていた例外的存在が、夏目漱石ではないかと思われるが[46]、その漱石にせよ、きちんとハーンの名をあげ、『怪談』をほめることはなかった。「むじな」や「雪女」を正面きって芸術作品として論じることは、明治から戦前までの日本の知的風土のなかで、相当、勇気のいることだったのである。そうしたなかで、早くから『怪談』をハーンの最高傑作と公言してはばからなかったのは、英文学者の福原麟太郎ぐらいのものではなかろうか[47]。

『怪談』の童話化

ハーンの翻訳書誌を眺めていると、わたしは、日本おけるハーンの読者が、英語原文や第一書房版の全集を読むような知的エリート層から、物語を純粋に楽しむ一般大衆に拡大していくのは、一九四〇年に岩波文庫の一冊として『怪談』が刊行されたあたりからのような気がする。そして、その流れを決定的にしたのは、戦後、ハーンの『怪談』が児童向けに多数、刊行され、小泉一雄のような小さな崇拝者を次々と誕生させていったことではないかと思う。

戦後のハーンの児童向け出版物のなかで、もっとも早く「怪談」を収めたものは、わたしの調べた限りでは、「スクール文庫」の一冊として、一九四八年に岡谷の蓼科書房より刊行された、田部隆次編『小泉八雲読本』である。その内容は、ジャンル別の四部構成で、以下のようになっていた。

日本のお伽ばなし 「猫を画いた子供」「団子を失したお婆さん」「ちん・ちん・こばかま」「化け蜘蛛」「若返りの泉」

日本見聞記 「中学教師の日記から」「浜口五兵衛」「三つのおとづれ」「日本人の勇気」「人形のいのち」「列車の中にて」

日本の珍しい話 「布団の話」「人形の墓」「僧興義」「むじな」「鏡の少女」「占いの話」

東洋の珍しい話 「禍という怪物の話」「大鐘の霊」

田部隆次は、戦前からハーンの多くの選集や英語教科書版を編集していて、この構成は、明らかに、戦前のハーンの見方と道徳観を踏襲したものである。まず「安全な」子供向け作品として、ハーンが「長谷川ちりめん本」として刊行した「お伽ばなし」を先頭におき、つぎには「見聞記」として、ノンフィクションである紀行文やルポルタージュをまとめる。そして第三部に「珍しい話」として、「怪談」を収めるが、「人形の墓」のようなスケッチもいれて、「怪談」色をうすめておく。さらにその後ろには、「東洋」というくくりで、より古典的な中国説話を配置する。全体として感じられるのは、ハーンを通俗的な怪談作家に見せまいとする、戦前の正統的ハーン研究者の配慮であり意思である。そしてなによりも、ここには「雪女」と「耳なし芳一」というハーンの「怪談」を代表する傑作が収められていないのである。直接的な殺人や、目の前での流血を含む物語は、この世代のハーン研究者からみれば、やはり、子供向けの出版物にはふさわしくないのである。しかし、その三年後には、もう、事態は劇的に変わっている。

幽霊・妖怪ルネッサンス

一九五〇年、東京の童話春秋社から「少年少女世界名作文庫」の一冊として児童文学者の武田雪夫の訳で『雪おんな』が刊行された。収録されたのは、「ちん・ちん・こばかま」「だんごをなくしたおばあさん」「ねこの絵をかいた子供」「鳥取のふとんの話」「僧興義の話」「むじな」「雪おんな」「安芸之助のゆめ」「耳なし芳一の話」「みょうな話」(これは『知られぬ日本の面影』の「化け物と幽霊」からの抜粋)「果心居士の話」の一一作品。半数以上が田部の本と重複するが、注目されるのが、ここにはじめて児童向けの本に「雪おんな」と「耳なし芳一」が採用されたこと、そして、それ以上に注目されるのが、紀行、スケッチ、評論の類がはずされ、全体が、霊・怪異・妖怪についての、日本固有の物語に特化している点である。ハーンはついに日本の怪談作家として児童文学に登場したのである。

この本が具体的にどの年代の子供を対象に編集出版されたかは、明記されていないが、次のような訳者・武田雪夫の解説を読めば、これが小学生三、四年生あたりでも読めるように配慮されていることは明らかだろう。

八雲は、英語で、日本のことを、いろいろかいて、世界に向かって、日本のいいところを教えましたが、それは、同時に、日本人に向かって、日本にもとからある、いいものをたいせつにするようにと教えてくれたわけで、ほんとに、こんなにありがたい恩人はありません。……そこで、私はこの本では、言葉をやさしくしたり、はぶいてあるところをつけ加えたりして、わかりよくしました。それを、地下におられる小泉八雲先生と、先生に教えをうけられたり、先生のことを研究している方々にお許しを得たいと思います。(48)

同じ一九五〇年、東京の小峰書店から「日本童話小説文庫」の第十一巻として山宮允訳『耳なし芳一』が刊行された。これは『怪談』を中心に、長谷川ちりめん本の「日本お伽話」『骨董』『天の河縁起そのほか』『霊の日本』『影』『日本雑録』から霊、怪異、妖怪にまつわる物語を集めた、本格的なハーンの怪談集で、怪談ではない作品も収められてはいるが、これほどはっきりした性格の作品集が、一九五〇年に、子供向けに刊行されたということは、ハーンの書誌に特記しておくべきことだと思われる。以下にその目次をそのままの表記で転載しておく。

日本お伽噺より
　化けぐも
　ねこをかいた子供
　だんごをなくしたおばあさん
　ちん・ちん・こばかま
骨董より
　ゆうれい滝の伝説
　茶わんの中
　常識
　はえの話
　きじの話
　あたりまえのこと
　病理上のこと
天の河縁起そのほかより
　小説よりも奇
霊の日本より
　てんぐの話

影より
ついたての少女
日本雑録より
約束
梅津忠兵衛
興義和尚の夢
漂流
鏡の少女
果心居士
乙吉のだるま

ちなみに、この一九五〇年という年は、木下順二の『夕鶴』が弘文堂から刊行された年で、「民話」ブームのはじまりにあたる。子供の文学世界での、幽霊・妖怪話の解禁と、民話の社会的地位の向上は、やはり相互に関係する運動だったのである。

そして、この四年後の一九五四年に、小峰書店の『雪おんな』は、内容はそのままで、書名のみを『怪談』と改め、再版される。もはや、子供向けに『怪談』という書名さえ忌避されなくなったのである。同じ一九五四年には、もう一冊、『怪談』と題される子供向け作品集が北条誠訳で偕成社から出版されている。この『怪談』のシリーズ名は「世界名作文庫」であるが、後に「少年少女世界の名作」と改められている。以後、旺文社、ポプラ社、講談社といった大手出版社も同様の少年少女向けの文学全集に、ハーンの怪談を収録していくので、一九六〇年代から七〇年代にかけて、ほとんどの教育熱心な家庭の本棚には、『小公女』や『秘密の花園』などとともに、小泉八雲の『怪談』が収められていたのである。

あかね書房は、松谷みよ子が一九五一年に処女作を出版した児童書の出版社で、一九六〇年には、松谷は、ここから出た『ふるさとの伝説（東日本編）』に「雪女の話」を載せているが、このあかね書房からも、ハーンの「雪女」は子供向けに刊行されていた。「少年少女日本文学選集九」の古谷綱武編『小泉八雲名作集』がそれで、今、手元にある二刷の刊行年月日は、一九五六年五月、ちょうど松谷が『信濃の民話』を執筆していた時期と重なる。

松谷が、白馬岳の雪女伝説を再話するにあたり、なぜ、書架からハーンの「雪女」を取り出し、参照したのか、これでその理由がよくわかるだろうと思う。松谷の周辺には、すでに童話化したハーンの「雪女」が、あふれていたのである。

ハーンと国語教科書

しかしこれらは民間の出版界における変化で、これが学校教育の現場となると、ハーンの「怪談」への抵抗は、もう少し強かったのではないかと思われるかもしれない。しかし、わたしの調べた限りでは、検定という、より強い制約下にあった国語教科書においても、事情はあまり変わらないのである。

ハーンと戦前の国語教育というと、昭和期の『文部省尋常科小学校国語読本　巻十』などに採用された「稲村の火」(「生き神様」より)の例が有名で、これについては、平川祐弘が『小泉八雲西洋脱出の夢』で詳細に論じているが、『国定教科書内容索引　尋常科修身・国語・唱歌篇』[49]によれば、尋常科小学校の国語教科書におけるハーン作品の採用はこの一編だけのようで、戦前から戦後における教育界のハーンの「怪談」に対する評価の変遷をみるには、中学の国語教科書をみたほうがいい。もちろん戦前の旧制中学と戦後の新制中学が、制度的に連続していないことは充分承知しているが、ハーンの採用作品の変化をみるには、これが一番便利なのである。

まず、『旧制中等教育国語科教科書内容索引』[50]によって、明治・大正・昭和の旧制中学の国語読本に採用されたハーンの作品をみておこう。明治期の中学校教科書に採用されたのは、「柔術」一編のみだが、大正期にはいると、ハーン作品の採用は増え、「生神」(ほかに「浜口五兵衛の話」という題名を使う本もあり)「達磨の話」「松江の朝」(ほかに「神国の首都」の題名もあり)「草雲雀」「日本の童謡」「停車場で」などが登場する。これらは一部に説話的要素もあるが、基本的には叙景、エッセイ、ルポルタージュというべき作品である。昭和期になると、さらにその数は増えて、「生神」「浜口五兵衛の話」を「五兵衛大明神」という別題で採用する教科書もあらわれ、叙景文にも「神国の首都」に「曙の富士」「極東に於ける第一日」が加わり、「停車場にて」「柔術」といった文化論・ルポルタージュだけでなく、東大の講義録から「読書に就いて」「制作の方法」「文学と人生」も採用されている。しかし、これだけ増えても、怪談は、一編も見あたらない。戦前の国語教科書を見るかぎり、怪談作家小泉八雲は存在しないのである。

次に『中学校国語教科書内容索引』(51)によって、戦後の一九四九年度から一九八六年度までを調べてみると、「あけぼのの富士」「制作の方法」「読書について」「浜口五兵衛」「乙吉のだるま」「梅津忠兵衛の話」「おしどり」「常識」「耳なし芳一」の計九作品が採用されている。このうち、はじめの五つは、旧制中学でも頻繁に採用されてきた、いわば国語教科書の常連であるが、「梅津忠兵衛の話」以下四作品は、戦前の国語教科書には一度も採用されたことのない新顔で、しかも、霊と怪異に取材した「怪談」であることに気づく。以下に、採用教科書の使用開始年度と出版社名を個別にあげておこう。

「梅津忠兵衛の話」
日本書籍、一九五九年

「おしどり」
開隆堂、一九五九年

「常識」
修文館、一九五三年
中教出版、一九五九年
「耳なし芳一」
教育出版、一九五四年
実教出版、一九五四年
学校図書、一九六〇年
大阪書籍、一九六二年
日本書籍、一九七八年

これにより、ハーンの怪談の国語教科書への採用は、一九五三年度にはじまり、一九五九、六〇年度あたりでひとつのピークに達していることがわかる。この動きは、民間での怪談の童話化よりも数年遅れているだけで、ほぼ同一の軌跡をたどっていて、一九五七年の松谷みよ子の『信濃の民話』の刊行に象徴される、第一次民話ブームの動きとも重なることがわかる。

こうして「少年少女」向け「世界の名作全集」のなかで、ハーンの『怪談』に親しんだ子供たちの多数が、中学校の国語教科書で「耳なし芳一」に再会し、一九六〇年代の後半からは、さらに放課後、友人たちと水木しげるの妖怪漫画を回し読みし、その破天荒な画風と構図に肝をつぶし、恐ろしさと気味の悪さを紛らわすために、笑い声をあげていたのである。戦後の子供たちを襲った、幽霊と妖怪のルネッサンスは、このあたりでひとつの頂点に達する。そして彼らが成人読者層に加わりはじめる頃、民俗学と民話学の隆盛にあわせて、ハーンの多くの優れた翻訳・研究が出版され、『怪談』の小泉八雲という評価が広く社会一般に定着していくのである。

四　ハーンの「雪女」を読む

異類婚姻譚の構造

日本において、ハーンの「雪女」が『怪談』を代表する傑作として愛されつづけ、残酷で不可解な筋書きをもつにもかかわらず、「童話」として多くの児童文学全集に収められ、さらには、「民話」として日本各地で口碑化していった背後には、ひとつの大きな理由があった。それは、木下順二との関連でも触れたけれども、「雪女」が物語の大きな枠組みとしては、異類婚姻譚という型式に属していることである。これは、わたしたち日本の説話世界では、もっとも人気のある話型のひとつで、『夕鶴』に代表される鶴女房も、信田妻《しのだ》として多くの芝居や語りものになっている狐女房の物語も、この型式に属している。

ただしハーンの「雪女」には、この伝統的な型式から大きく逸脱した部分があり、それこそが、ハーンの魅力であり、独創性であったと見ることもできる。では、その部分が民話版「雪女」にどう伝えられていったのか、あるいは、伝えられなかったのか。ひとつの個性的で独創的な文学作品が、「民話」化されるとき、その個性や独創性にどんな変更が加えられるのか。異類婚姻譚という伝統的説話の型式に注目しながら、この問題を考えてみたい。

雨宮裕子は「異類婚の論理構造[52]」において、異類婚説話における異類の女たち、たとえば狐の変化である信田妻が、安倍晴明のような優れた息子をこの世に残して、その身はなぜ淋しく斯界を去らねばならないのか、あるいは逆に、同じく異類婚の物語でありながら、異類の男が婿となると(たとえば、猿婿、蛇婿など)その子供たちも含めて、なぜあれほど、無残に殺戮されねばならないのかを、レヴィ＝ストロースの構造主義によるシンプルな二項対立のモデルに拠りながら、あざやかに論証している。

このモデルでは、まず、男と文化が「内」におかれ、それに対立する女と自然が「外」に配置される。異類婚姻の物語は、この「内」なる斯界の文化・秩序と、「外」なる異界の、自然・カオスの交渉対立の物語として読みとかれる。こうして雨宮は日本の異類婚の物語に共通する、以下のようなルールを抽出した。

まず狐女房、鶴女房のように妻が異類である場合。

・婚姻は、他界にあっては永続するが、断界では必ず破綻する。
・異類の妻は、断界になんらかの「富」を残して他界に去る。
・異類の妻が、優れた子供を残すとき、その子は必ず男児である。

この場合、異類婚の物語は、このモデルの「内」、つまり、男・文化・秩序の勝利の物語となる。これら説話が、共同体で繰り返し語られるのは、こうした世界観を確認し、共有するためなのである。

次に夫が異類の場合。

・その婚姻は、他界へ至るまえに回避され、断界で成立するのは夜のみである。
・異類の夫は、あらゆる手段で断界から排除される。
・異類の夫が残すのは、異類の子孫で、断界から完全に排除される。

(「異類婚の論理構造」五二九頁)

こうした婚姻が不毛であるのは、異類の男は「外」に属し、おなじく「外」に属する女との間に生まれた子供は、完全に外部・カオスに取り込まれてしまうため、男と子供を殺して、女を取り返すことによってしか、「内」の勝利を物語れないためだという。

それに対して、妻が異類で、「内」の男のもとで子供（とくに男子を）産んだ場合には、子供は「内」に帰属するので、「内」の文化的秩序が「外」の自然的カオスを取り込んだことになり、「外」から来た異類の女を「外」に放逐することによって、物語はめでたく「内」の勝利におわる。

このように日本の異類婚の説話構造を分析してみた場合、ハーンの「雪女」がいかに異質であるか、明らかだろう。ハーンの物語は、異類が妻であり、子供を産んでいるにもかかわらず、内側の「男と文化と秩序」の勝利におわっていない。異類である雪女は、外から訪れ、子供を残して、外へ帰って行くのだが、冒頭の茂作殺しから最後の巳之吉との別れに至るまで、力関係でいえば一貫して、「内」なる巳之吉を支配し、圧倒している。

この点について藤原万巳《まみ》は、ハーンの「雪女」が「既成の異類婚姻譚を反転」させた構造をもつとして、こう述べている。

「雪女」は存在感を持ち続ける母親が、父親に帰属するのではない子供と、共同戦線をはりながら、父親を「子守り男」の座まで引き摺り下ろし、父親に対する身体的搾取を続ける話なのだ。(53)

これはハーンの「雪女」がもつ特徴をみごとにとらえた、鋭い指摘だとは思うが、一方で、わたしは「子守り男」や「共同戦線」あるいは「身体的搾取」といった、男女を闘争的にとらえる言葉遣いには、少し違和感も覚える。

ハーンの「雪女」が、斬界の男に対する、異類の女と子供たちの永続的な闘争の物語なのかといわれれば、わたしは、そこまで対立的に読む必要はないように思う。とりわけ、お雪と巳之吉を「妻と夫」「母と父」というジェンダーによる区切りだけで、固定的に対立させてしまう見方には賛成できない。以下で、ハーンがいかに伝統的な異類婚の構造から逸脱しているか、ジェンダーだけではなく、母子という関係にも注目しながら、もう少し多元的に検討してみたい。

奪われた視線

この問題を考えるのに重要なのは、物語そのものよりも、物語の視点となっている巳之吉を語る、物語の語り手の存在ではないかと思う。本来なら、夫となり父親になれたはずの巳之吉が、語り手によって不当に抑圧され、子供の位置にひきとどめられていること、それがこの作品を逆転した異類婚の物語にみせる一番の原因だと思うのである。

「雪女」は近代小説としておもに巳之吉の視点から語られている。つまり、わたしたちの目に映るのは、巳之吉の目に映った、雪女の、そして、お雪の姿である。したがって、わたしたちの想像力と感情は、ひたすらお雪に向けられて、巳之吉の心理と行動については、これが物語の視点であるがゆえに、盲点になって、わたしたちの視野には直接は、入ってこない。物語を読みながら、わたしたち読者の心に強烈に焼き付けられるのは、渡し守の小屋に現われた雪女の恐ろしさであり、お雪となった娘の愛らしさであり、巳之吉の母の世話をする嫁のかいがいしさであり、十人もの子供を産みながら衰えることを知らない不思議な若さであり、巳之吉の裏切りに、震えながら姿を消す、雪女の怒りと悲しみである。歌舞伎の早変わりよろしく、次々とあざやかに姿をかえる主役が消えてはじめて、わたしたちは、十人の子供とともに、舞台にとりのこされた巳之吉の姿に目をとめる。なるほど、ここでは、巳之吉はあわれな「子守り男」に見える。

しかし、そう結論する前に、なぜ、そう見えてしまうのかという原因を考えてほしい。それは、なによりも物語の中盤で、巳之吉の視点が奪われ、巳之吉の存在が消し去られてしまっているからではないか。

お雪は、巳之吉の母親にとって、申し分のない娘となった。それから五年ほどたち、巳之吉の母が亡くなるとき、彼女が最後に口にした言葉は、息子の嫁への愛と賞賛の言葉だった。お雪は、巳之吉に十人の子供を産んだ。男の子も女の子も、みな綺麗な子で肌がとても白かった。村の人々は、お雪が自分たちとは性質《たち》の違う、不思議な人だと思った。百姓の女はたいてい早く老けこんでしまうものだが、お雪は、十人の子供を産んでからも、この村にやってきた頃とすこしも変わらず、若く美しいままだった。（拙訳）

ここで物語の語り手は、巳之吉を押しのけて、巳之吉の母と村人の視点から、お雪を語りはじめている。巳之吉が語りの視点に戻されるのは、結局、最後のお雪との別れの場になる。これは、どうみても巳之吉にとっては気の毒なことである。

わたしたちは、物語のあらすじから見て、巳之吉をお雪の夫、十人もの子供の父親と考えるが、実は、そうした夫、あるいは父親としての視線は、巳之吉には与えられていない。語りの次元からいえば、巳之吉に与えられた役割は、雪女を斯界に導きいれることと、異界に見送ることとの、ただ二つだった。

お雪は、なによりも、巳之吉から美しい妻として見られてしかるべきなのに、その視点と語りは、作者によって巧妙に抑圧されている。冒頭の雪女としての登場と、旅の娘となっての再会の場以降、巳之吉の妻であるお雪は、不思議にも巳之吉の目からは、いっさい描写されていない。魔法から解き放たれたように、巳之吉がようやくお雪をわが妻として正視することを許されるのは、物語の最後の場面で、そのとき、彼の記憶は、たちまち禁じられた十八歳の夜の出来事へと戻されてしまうのである。


「そこで明りに照らされて縫いものをしているお前を見ると、十八の時に会った不思議な出来事が思い出されてならないよ。その時、いまのお前とそっくりな白くて美しい人を見たのだ――そういえば、本当によく似ている(54)」

なぜ巳之吉はそれほど長い間、自分の妻が雪女にそっくりだと気づかなかったのだろう？　それは巳之吉が不注意だったからではなく、雪女の魔力によって、また、作者の不当な抑圧によって、わが妻を正視することを許されなかったからだろう。もちろん、お雪を妻として眺めるセクシュアルな視点の不在は、当時の英文学の、あるいは物語文学一般の性的描写への遠慮もあるだろうが、それにしても、作者ハーンの、巳之吉の（そして読者一般の）性的視線の抑圧は、厳しく徹底している。

巳之吉の眼前に展開したのは、恐ろしい雪の嵐の夜の出来事、そして美しい旅の娘との出会い、そして、最後の別れの場面だった。巳之吉の「目」が語る物語は、ある嵐の夜、突然、美しい女に魅入られ、その記憶を封印され、それが解き放たれた瞬間、逆に目の前の現実が消えうせてしまうという、夢と現実があわただしく逆転・錯綜する物語だった。

「夢にもうつつにも、お前と同じくらい美しい人を見たのはあの時だけだ。あれはどう見ても人間ではなかった。怖かった。本当にぞっとするほど怖かった――だが実に白い女だった……実際、あの時、夢を見たのか、それとも雪女だったのか、俺には今でもわからない」（平川訳、八四頁）

哀れな巳之吉には、はじめから夫や父親という現実の重みが与えられていなかった。彼の役割は、雪女に愛され、雪女に捨てられること、夢と現実のあいだをさまよい、喜びと悲しみのあいだを浮き沈みすること、ただ、それだけだった。そんな巳之吉にお雪はこんな宣告を下す。

あそこに寝ている子供たちがいなかったら、今、この場でお前を殺してやるのだけれど。だからお前は、あの子たちを、ほんとうに、ほんとうに可愛いがらなくちゃいけない。あの子たちにちょっとでも文句を言わせようものなら、わたしは必ずお前にお仕置きをしに来ますよ。

（拙訳）

これは、独裁者の恐怖支配さながらに、わが子を監視役にして、巳之吉に永遠の奉仕を命じた、残酷な刑罰のようにも読める。しかし、物語全体の構造からいって、巳之吉は、この雪女の過剰ともいえる母性愛の埒外に立たされているのだろうか。「だからお前は、あの子たちを、ほんとうに可愛いがらなくちゃいけない。」（And now you had better take very, very good care of them）の"very"の繰り返しに見られる、噛んで含めるような口調、そして、「お仕置きをしに来ますよ」（I will treat you as you deserve）という言葉遣いは、「父」や「夫」にふさわしいものだろうか。

母と子の構図

この"treat"という言葉は、ここで初めて使われた言葉ではなくて、あの恐ろしい雪の夜、茂作の殺された晩にも使われていた言葉だった。そして、牧野陽子によれば、この破局の場面は、冒頭の出会いの場面の正確な再現、呼応の関係にあるという。

闇のなか、行灯の明かりに照らし出される色白の美しい顔をじっとみつめる巳之吉。ただよう緊迫した空気。巳之吉の上にかがみこみ、迫りくる女、交わされる運命的な言葉。そして消えるようにして立ち去ったその女のあとに残された男。この破局の場面が、はじめの出会いの場面と構成において呼応していることがわかると思う。(55)

牧野の注意にしたがって、もう今一度、出会いの場と別れの場を比較してみよう。

だんだん低くかがみこんできて、白い女は顔がいまにも触れなんばかりになった。巳之吉は女がたいそう美しいと思った——眼はぞっとするほど恐ろしかったが。しばらく女は巳之吉をじっと見つめていたが、ほほえんで、囁いた。

「お前も同じ目にあわせてやろう思ったが(I intended to treat you like the other man)、なんだか不憫になった。お前はあんまり若いから。お前は可愛いから、今度は助けてあげる。しかし今晩のことは誰にも話してはいけない。たといお母さんにでも言えば、只ではおかない。そうしたら命はないよ。いいか、わたしの言いつけをお忘れでないよ」（平川訳、八一頁）

お雪はいきなり縫物を放り出すと、すっくと立ちあがり、坐っている巳之吉の上に身をかがめて、その顔に鋭い声を浴びせた、——

「あれは、わたし、このわたし、このお雪でした。一言でも喋ったら命はない、と言ってあったはず。……あそこに寝ている子供たちのことがなければ、この瞬間にもあなたの命を奪ったものを。いまとなっては子供のことはよくよく面倒を見てください。子供をいじめでもしたら、容赦はしませぬ（I will treat you as you deserve!）」（平川訳、八五頁）

この上からのぞき込まれるという構図のなかで、巳之吉は、威嚇されながらも、最終的には、常に許されている。第一の場面では、巳之吉自身がかわいい子供だったから、第二の場面では、むこうにかわいい子供たちが寝ていたから。子供の圏内にとどまるかぎり、巳之吉は常に安全だった。だから、"treat"が意味するのは、むしろ「殺してやろうと思ったが（子供だから、または、子供がいるから）殺さないよ」ということで、「許す」と同義なのだ。

そもそも、上からのぞき込む女というのは、ハーンの幼年期の記憶においても、またその作品世界においても、母子関係を象徴する基本的な構図だった。[56] ハーンが、血縁者あての手紙で、母の口ーザについて語った数少ない記憶は、いずれも、この姿勢、構図に強く結びついている。はじめの引用は、日本に渡る直前に、実弟ジェームズ・ハーンに宛てた手紙の一節、二番目は、熊本時代に異母妹ミニー・アトキンスンに宛てた手紙の一節である。

　それなのに、お前はあの黒くて奇麗な貌《かお》を覚えていないのか？　野生の鹿のような大きな茶色の眼が、お前の寝ていた揺り籠のうえからのぞきこんでいたはずだ。声も覚えていないのか？

　お母さんの顔だけは覚えている——それはこんなことがあったからだ。ある日、その顔が愛撫するように私の上に屈んで近づいてきた。それは肌の浅黒い、優しげな美しい顔で、大きな黒い眼をしていた——本当にとても大きな眼だった。そのとき不意に子供っぽい悪戯心から、その顔をぶちたくなり、実際に私は平手でぴしゃりと叩いてしまった——多分どうなるのか見たかった、ただそれだけだったのだろう。結果はたちまち厳しいおしおきを受けた——私は泣きわめきながら、おしおきされて当然だと思ったことを今でも覚えている。不思議に腹が立たなかった。(57)

そしてこの記憶は、そのまま、あの有名な「夏の日の夢」の一節につづいている。

私の記憶の中には魔法にかけられたような時と処の思い出がある。そこでは太陽も月もいまよりずっと大きく、ずっと明るく輝いていた。……そして私をしあわせにしようと、ひたすらそのことのみを考えてくださった方の手で、その土地もその時も、穏やかに支配されていた。

……

日が沈み、月がのぼる前、夜の深いしじまがあたり一面を包むころ、その方はよく私にお話を聞かせてくれた。そのお話の楽しさのあまり私の体は頭の先から足の先まで興奮にわくわくふるえた。私はほかにはあのお話の半分ほども楽しい話を聞いたことがない。その楽しさがあまりに大きくなり過ぎると、その方はあやしい不思議な歌をすこし歌ってくれたが、その歌を聞くと私はたちまち眠りこんでしまうのだった。だがついに別れの日が来た。[58]

この魔法の構図のなかで「母」となった雪女は、巳之吉を見下ろし、思わず“you are so young.... You are a pretty boy, Minokichi;”と嘆声をもらしてしまうのである。巳之吉は明らかにセクシュアルな成熟した男性としては見られていない。

越後地方を中心に、雪女の伝説は、しばしば、人魚の肉を食したために八百歳まで白く若々しい肌を保ったという八百比丘尼《はっぴゃくびくに》の伝説と交錯しているが、[59] ハーンの物語でも、彼女は、若い美しい外観とは裏腹に、永遠の齢をへた老女の心をもっている。その目には、十八歳の巳之吉は、まだ幼い生まれたての命に映る。ハーンの女神は、ギリシアの神々とはちがい、セクシュアルな欲望に駆られるまま、美少年を破滅させるようなことはしない。雪女は、巳之吉そのものよりも、巳之吉のようなかわいい男の子がほしい、我が子として産みたいという欲望から、異界の掟を破り、斯界に現われ出てきてしまう。ハーンの雪女は、きわめて凶暴な、越境する母性神なのである。だからこそ、ハーンは、巳之吉との夫婦仲など一切書くことなしに、お雪の体から、いきなり十人という、とほうもない数の子供を誕生させたのである。

母性の神話と父性の神話

この十人という子供の数は、これまで見てきた日本の雪女伝説の語り手のほとんどが、そのまま引き継ぐことを拒んだ数で、それが、大正から昭和初期の日本の家庭では、ありえない数ではなかったのにもかかわらず、たいていは、三人から五人という穏当な数に切り詰めてしまっている。一般的にハーンは、日本の物語の再話において、原話の荒唐無稽なディテイルを、よりリアリスティックに書き改めるのだが、この場合は、逆に、ハーンの物語を再話する日本の語り手たちが、原話の細部を荒唐無稽とみなして、よりリアリスティックに書き改めているのだ。十人という子供の数は、ハーンにとっては、雪女の母性を神話的に語るために不可欠のディテイルだったが、日本の語り手たちは、雪女の母性をそこまで神話的に造形する必要を認めなかったのである。彼らにとって雪女は、所詮、正体を見破られ、涙ながらに子別れをする「信田妻」の変形にすぎなかった。

ハーンの「雪女」における「母性」の優遇と神話化は、子供の数だけでなく、巳之吉の生身の「母」にまで及んでいる。これは平川祐弘がすでに指摘していることだが[60]、巳之吉の母の幸福は、必要以上に強調されていて、お雪が巳之吉の母にとって、いかに非のうちどころのない嫁であったか、巳之吉の母が、いかにお雪に感謝して満足して死んでいったか、これが物語の本筋には少しもかかわらないのに、本来なら、巳之吉とお雪の夫婦関係を語るべき物語の中盤で、長々と挿入されているのである。

それに対して「父性」の抑圧ないしは不在もまた、この作品の顕著な特徴で、巳之吉にまったく「父」の属性が与えられていないばかりか、巳之吉の父もまた、はじめから存在せず、「寡婦」(a widowed mother)という母親の境遇としてしか、説明されていない。しかも、雪女は、なぜか初対面の場で、巳之吉に父がいないことを承知していたようで「たといお母さんにでも言えば、只ではおかない」と脅している。これもまた、十人の子供と同じく、父の不在が、リアリズムとは異なる次元で語られてしまっている証拠だろう。繰り返し強調される母子の関係。そして完璧に排除された父子の関係。巳之吉はこの強烈な母子関係の磁場のなかでしか生存を許されていない。

この父親の不在もまた、日本の語り手たちが、ほとんど無意識のうちに修整してしまった点で、白馬岳の雪女伝説は、冒頭いきなり、茂作を箕吉の父とすることで、この不在を解消している。民話「雪女」の決定版というべき、松谷みよ子の再話が、徹底的に茂作・箕吉の父子関係に焦点をあてていることは、すでに指摘したとおりである。茂作が箕吉の父とされ、箕吉の目の前で命を奪われることで、白馬岳の雪女伝説は、この物語の主題が、家長の代替わりであることを告げている。箕吉の母は、この伝承の系統の早い段階で言及されなくなり、松谷版では、はじめから父と子の二人暮らしという設定になり、ハーンとは逆に、母親の不在の理由さえ語られていない。松谷の「雪女」は、父子家庭にはじまり、父子家庭におわる、父子関係の循環相続の物語となっている。次節でくわしく扱う越後の有名な「銀山平《ぎんざんだいら》の雪女」でも、母親は完全に消去され、ハーンの母への特別な思いは、完全に父親に置き換えられて、これ見よがしの父への孝行物語に書き換えられている。こうして書き伝えられた民話「雪女」は、わずか五十年ほどの伝承のなかで、ハーン固有の特質を失い、伝統的な異類婚の物語、すなわち、父と「内」の勝利の物語、異類の女の放逐と子の獲得の物語に変換されるのである。

悲しみの正体

ハーンの「雪女」を母子関係の神話化として読んだときに、ひとつ、奇妙に思えるのは、十人もいるはずの子供たちの存在感の薄さである。これは、本来、夫であり、父であるはずの巳之吉が、雪女に見下ろされ、また、雪女を見上げる、「子」の役割と視線を独占してしまっているためにおこることとなのだろうが、そもそも物語の語り手が、二人の間に生まれた子供を語ることに不熱心で、その誕生と成長を伝える文章も、「お雪は、巳之吉に十人の子供を産んだ。男の子も女の子も、みな綺麗な子で肌がとても白かった」(拙訳)と、まるで犬の子の描写のように、いや、犬の子でももう少し丁寧に書くのではないかと思えるほど冷淡でそっけない。「雪女」は、子供を捨てる母親の悲しみの物語であると同時に、母親に捨てられる子供たちの悲しみの物語ではあるが、その子供たちの悲しみを表象し体現しているのは、別れのドラマの背後で、書き割りのように静かに眠りつづけている十人の子供たちではなくて、その前で、子供の特権を剝奪され、立ちすくむ巳之吉なのである。

今ひとつ、「雪女」を既成の異類婚姻譚の単純な倒立と見なさないために大切なことは、語りの視点のうえでは、子供の位置にある巳之吉が、物語の筋書きにおいては、母である雪女と夫婦として結ばれ、子供までつくってしまっていることである。この錯乱に深く注目すれば、「雪女」はまた同時に、きわめて危険な愛情をひそかに語るラブ・ロマンスでもある。若く美しい「母」への禁忌的な愛を、物語のなかに封じ込めてしまうこと、子供を捨てる母親の悲しみと愛情を、その身勝手な冷酷さとともに、神話として語り直すこと、それが「雪女」という言いようのない悲しみと美しさを湛えた物語の正体ではないかと思う。

ハーンの「怪談」は多かれ少なかれ、そうした自伝的告白の要素をもつものだが、この「雪女」についていえば、彼が長く胸底に秘めていたはずの欲望と傷跡が、驚くほど素直に、無防備に、語られてしまっている。この物語は、日本の雪女というささやかな伝承や断片的な信仰を素材に、心の内奥の声に耳を傾けて、一切の規範やモラルから解放され、自由に語られたものなのだろうと思う。だからこそ、ハーンは、わざわざ逆に、これは武蔵の国の調布という村の農夫が語った物語であると、作品集の冒頭に注したのだろう。もともと、そうしたエキゾチックな韜晦こそが、*Kwaidan* という英語の書物の、そして Lafcadio Hearn という英文学作家の生涯のスタンスだったのである。

五　遠野への道

雪女伝説の口碑化

さて、話をもう一度、白馬岳の雪女伝説にもどし、冒頭に掲げたリストのうち、残された、松谷以降の5から8までの伝承の跡をたどっておこう。

5「雪おんな」 山田野理夫『アルプスの民話』潮文社、一九六二年
6「白馬の雪女」（長野） 和歌森太郎ほか編『日本伝説傑作選』第三文明社、一九七四年
7「雪女」（富山県下新川郡朝日町） 石崎直義編『越中の民話』第二集、未來社、一九七四年
8「雪女」（富山県中新川郡立山町） 稲田浩二ほか編『日本昔話通観』第十一巻、同朋社、一九八一年

5の『アルプスの民話』は、著者が序文で愛読書として青木の『山の伝説』をあげていることか

らわかるように、青木にならった日本アルプスの伝説集である。青木の本は、山岳愛好家を中心に、熱烈なファンが意外に多くいて、一九六〇年代になってからも、このような模倣作が生み出されている。したがって、ここに載る「雪おんな」もまた、青木に依拠したものであろうが、作中、ひとつだけ目につく改変がほどこされていて、ここでは雪女が箕吉の命を救うために出現しているのである。父の茂作は山小屋のなかで絶命するが、それは雪女の仕業だとは書かれていない。救命救助のために現われる雪女というのは、これが初めてではなかろうか。

6の「白馬の雪女」（『日本伝説傑作選』）は、松谷みよ子と同じく、村沢武夫の「雪女郎の正体」を原拠とする、職業作家の手になる再話であるが、通俗的な「情話」への傾斜が著しい。七〇年代中頃には、民話ブームをあてこんで、こんな再話までが出版されていたのである。

さて、面白いのは、7と8である。

これまで見てきたように、この伝承の1から6までは、口碑伝説を名乗りながら、フィールドで採話されたものは一件もなく、ことごとく書物による机上の再話であった。ところが、この7と8にいたり、はじめて、本当の口碑のなかに、白馬岳の雪女伝説が出現するのである。7は「富山県下新川郡朝日町、大川四郎」と話者が明記され、また8についても富山県中新川郡立山町と採話地が明記されている。場所が近く、内容も似ている。7は、雪女が「小雪」と名のり、子供の数が五人とあるので、青木系の伝承の特徴をそなえているが、8では逆に茂作、箕吉という名前を失っている。また、7、8ともに、松谷みよ子の再話では消えてしまった母親が復活している。

ただ、この二例については、採話の日付がわからず、また、語り手がこの話をいつどこでだれから聞いたものかも書かれていない。そうなると、これらの書物の刊行年を成立時期とせざるをえず、それが一九七〇年代から八〇年代となると、大量に流布した松谷版「雪女」に加えて、ラジオ、テレビ、映画からの影響も考えられ、もはや、その伝承の跡をたどることは難しく、その意義もうすい。

この二話に共通する特徴として、山小屋での遭難で、父の茂作が命を失っていない点があげられる。すると、雪女は、なんのために箕吉に口止めをするか、理由がわからなくなってしまうのだが、この改変は、5の山田野理夫の『アルプスの民話』で、雪女が茂作の死に関与せず、箕吉の救助のために現われるという改変と、変化の方向としては同一のように思える。つまり、こうした伝説が、共同体を越えた、より広範囲の聞き手をもつ近代的な「民話」や、子供向けの「童話」に移行していくなかで、父を殺した女と夫婦になるという点が、道徳的に強く忌まれたためではないか。こうなると雪女は、鶴女房や狐女房といった毒のない異類婚姻譚に、さらに近づいているのである。

非白馬岳系の伝承

七〇年代に入った頃から、ハーンの「雪女」によく似た物語をもちながら、白馬岳という地名をもたず、茂作、箕吉という名前もない、「非白馬岳系」というべき、雪女伝説が各地で口碑として、多くの場合、方言のまま採話されるようになる。これらは、基本的に文字による伝承であった白馬岳系とはちがい、本当に口碑化した物語なので、その変化は実に多様で、なかにはすさまじいとしかいいようのない変貌をとげたものもある。

・町の雪女、村の雪女（福島）

たとえば、ほぼ同じ内容で、同じ地方で語られていても、それが市内の町中で語られる場合と、郡部の村落で語られる場合は、ずいぶん印象が異なる。『日本昔話通観』第七巻（一九八五年）に採話された、福島市内で語られた伝説だが、箕吉にあたる主人公は、七つ八つの子供とされていて、結果としてハーンの「雪女」以上に母性愛にあふれ、洗練された人情話になっている。

昔むかし或るところで、「父様《とつつあま》が童《わらし》七つ八つばっかしの連れて」山へ用足しに行き、吹雪に襲われる。「いまちっとだから我慢しろ」と足弱《あしよわ》の童子《わらしこ》の手をひくが、どうにもこうにも先に進めなくなり、薮の陰に休む。「父様《とつつあま》は我の蓑きてそれ童に被せ、我衣装取って被せ、ほぉで「凍えんなよ。死ぬなよ。な、しっかとしろよぉ」」と童をかばい励ますが、やがて二人ともとろりと眠り込んでしまう。童がふと目覚めると、いつのまにか嵐はやんで、月が出て、一面まっしろな中を、「白い衣装着たまあ世にも美くしい姉様《あね》」が、きしっきしっと雪を踏みしめあらわれる。姉様はまず眠っている父親の「顔を持上《もっちゃ》げてふうーっと息吹っかけた」。次に童の顔をもちあげたが「お前《め》はめんごい童だなぁあんまりめんごいからこの度は助けておくべ。しかしなぁ俺に行逢《いっきゃ》ったつ話は絶対人に語ってなんねえぞ。人に語ればお前《めえ》の命無《ね》えから」といって許す。翌日、里の人達《ひたち》がふたりをみつけ「我子もごいとってこうして蓑《みのお》から、我《わが》の衣装からみんな子にからめて、ほぉでこの爺様《じんつあま》我《わが》一人《ひとん》じ死んだんだわ」といって、「ずるずる引いて」里へ帰った。

童は子供心にそれを覚えていて、雪が降る度に、「このような吹雪の日であったなぁ」といい、おっ母様と二人で暮らしていたが、やがて年頃になった頃、ひどく吹雪く晩のこと、若い旅の女子《おなご》が宿を求めて訪ねてくる。嵐は翌日もやまず、そのまま七日七夜、暮らすうちに、おっ母様はすっかり娘のことが気に入り、嫁になってくれと頼む。娘は、知らない縁者を頼るよりはと承知し、春からは「畑も耡《うな》ぁ田《たあ》さも出る。山さ行ぐにも一緒」でよく働き、「このようないい娘授《さず》いて俺は何と仕合わせだ」とおっ母様は喜び、三年ほどたって亡くなるが、その後、次々と子が生まれ、家はにぎやかになる。しかし不思議なことに、「その嫁様というのがまず雪の中迷って来た時のまんま、何ぼ荒らい仕事すべえが、年もとんねくちゃ色も黒くなんね。美しいまんまであったと」。

そしてある冬の吹雪の晩、息子が父様の死んだ夜のことを語ると、嫁は「「何とお前《めえ》様とうとうしゃべったかい」とこう言《ゆ》って、すうーっと立ってた時には櫛巻きにしった頭の毛はざさっと流れてしまって、そぉで立った姿は雪の中、きしっきしっと来た女子そのまんまになっていたという。ほぉで「言ったらば命はねえと言った筈だ」と言って手《てえ》伸ばした時に、その父様《とつつあま》の脇に寝ていた一番ちんこいややがぎゃあぎゃと泣いたと。したらばそのおっ母様わが子泣く声にひかさっち、子を抱いて懐あけて乳《ちちい》飲ませてややの顔見て、父様の顔見て、ややの顔見て父様《とつつあま》の顔見て、ずらっと並んでる子達の顔見て、「殺すに殺されねえ」とそう言《ゆ》ってばたっと戸あけて外《おもて》に出てったたっきり雪の中さ紛れてしまったと」。(61)

語り手の遠藤登志子は、小学校教員の家庭に育ち、福島の各地を転々としながら、二百話近い民話をおぼえたという。その語りの巧みさは、『遠藤登志子の語り――福島の民話』（一声社、一九九五年）という単行本を読むと、よくわかるが、この「雪女」でも、その技巧は、いかんなく発揮されている。この人は、おそらく育児や児童教育のサークルに近い場で語る機会が多かったのであろう、吹雪の晩に童をかばい、自分の着ている衣類をかけてやり、自分は凍死してしまう父親にしても、子の泣く声におもわず懐を開いて乳をやってしまう雪女にしても、子を可愛がるしぐさが作中にあふれていて、豊かな地方都市の、洗練された昔語りのあり様を教えてくれる。これは松谷「民話」の福島版といってもよいのではないかと思う。素材としては松谷をベースにして、ハーンをさらに大幅に取り入れたのだろうと思う。

もうひとつ、同じ福島での採話を見ておこう。これは福島といっても郡部の小集落（石川郡平田村小平真弓）で、東洋大学の民俗学会が記録したものである。これは遠藤とは対照的に素朴というか、かなり荒っぽい語り口で、ところどころ、よくわからない語句もあるのだが、おそらく、こうした語りのほうが地方の口碑としては標準的な形なのだろうと思う。

語り手の熊田トメは一九〇四年生まれ、実母が早死にし、義母に育てられたという。家が薬湯をしていた関係で、その湯に来る人から聞いた話が多く、近所のおばさんたちが「昔はこんな話があったって言うが、おめえも気を落とさないで、しっかり親の言うこと聞くんだぞ」といい、話を語って聞かせてくれたという。この人の語る話には継子話が多く、この「雪女」にも、死んだ「おんつあま」（意味不明）のために川っぷちで花を取るというくだりには、なんとも言いようのない淋しさがただよっている。この「雪女」がいつ、だれから聞いた話なのか書かれてはいないが、ほかのいくつかの話のように、幼年期に湯の客から覚えた話だとすると、明治末から大正のはじめにかけてのことになる。わたしは熊田トメの話が、そこまで古いものだとは思わないけれども、その可能性を否定するつもりもない。明治の末には、どんな僻遠の地でも口承に対する出版物の優勢は確立していたからである。

近来童話ニ関スル著書続々刊行セラレ、如何ナル寒村僻地ニモ殆ド行キワタレル姿ナルヲ以テ……地方在来ノモノ殆ドソノ影サエ止メザルニ至レリ。(62)

これは一九〇五年頃、文部省が各府県にあてて、その管内の俚謡、俚諺、童話、古伝説について、調査報告を求めたことに対する、富山県上新川郡第一区域校長会の回答である。柳田国男の『遠野物語』が出版されるのが一九一〇年であるから、その数年前に富山県では「如何ナル寒村僻地」でも活字が口承を駆逐してしまっていたのである。また、文字に親しまない者のためには、医者、教師、学生という新文明の伝道者も控えていた。牧野陽子が推定したように、こうした経路によって、福島の僻村に「雪女」の伝説が誕生した可能性は、ないとはいいきれないだろう。

母を失い、しょんぼりと薬湯の番をする少女に向かい、近所のおばさんが、どこかで仕入れた、とっておきの昔話をしてやる。そんな「雪女」があってもいいと思うのである。

ある時、爺様と婆様があって、その家に息子が一人あった。息子は山へ木刈りに行くが、そこに一人の「おんつあま」があって、ふたりで行く。大雪となって山小屋に避難するが、「はあ、おんつあまは雪に凍らせられちゃって、おっ殺しちまったって」。息子は助かり、「雪で死んじまったおんつあまによ、(花取ってあげべ)と思って、それ川っぷちさ来て、花とっただってね。そしたらめんごいその姉様が出て来て、「あんた花取んですか」ったら、「そうだ、俺げのおんつあまはこうして山さ木刈りさ来たあげくに、こごえ死んだから、花でも取ってあげべと思って」って、花取りしたど」。そうしていると暗くなって、めんごい姉様は、泊めてくれという。姉様と息子はやがて結婚し、子供が何人も生まれる。(たぶん、語り忘れていたのだろう、ここで初めて、大雪のとき、山小屋で何が起こったかが語られる)「うちのおんつあまはよ、山さ行って行き倒れになって、めんごい姉様だったけんど、雪降らせらって、殺されちゃった」「おめごと、こうして助けてやっから、んだからおんつあまは雪で倒れたっちゅうことは誰にも言ってなんねぞ」しかし息子は嫁にそれをしゃべってしまう。「「言うなってことを話しちゃったからは、もとに戻んなんね」って、もとの雪女になっちゃって。そうして「天さ上んなんね」って、子供を聟様にみんなあづけて、我は天さ登っちまったど。それが雪女だったと[63]」。

・雪女の恩返し（栃木）

これは栃木県塩谷郡栗山村日陰で語られていたということで、一九八〇年頃採話されたもの。『日本昔話通観』第八巻に梗概だけが掲載されている。

男が雪にふりこめられて、山小屋にいると、夜中に、戸をたたく者がある。あけてやると、十七、八の若い娘で、娘は助けてもらった礼に、嫁になろう、という。ただし、雪の晩、山で会ったことは人にしゃべらないようにと口止めする。娘は働き者で、子を産むが、あるときうっかり嫁のことを人にしゃべると、「約束を破った」と言って、子供を連れて、雪の中に姿を消してしまう[64]。

東北地方の口碑には、若い娘が男（あるいは老夫婦）の家を訪れ、嫁（あるいは娘）になるが、春になると（あるいは風呂にはいると）消えてしまうという、半ば笑い話化した雪女の話が多く伝わるが、これは、助けられた娘が恩返しのために嫁になるというところが、鶴女房的になっていて、しかも、山小屋で雪に降りこめられるというところと、人にしゃべるなという禁忌に、ハーンの「雪女」の特徴が、くっきりと残っていて面白い。ただ、殺人の忌避と報恩譚化からみて、それほど古い伝承ではなさそうだ。

• 山姥《やまんば》になった雪女（山梨）

山姥というのは、山に棲む恐ろしい鬼のような形相の老婆として描かれることが多いが、もとは山の神に仕える神の眷属であったという。これがしばしば雪女と同一視されて、たとえば伊予の雪《ゆき》婆《ばば》の伝説として語られていることは、すでに民俗学者によって報告されているが、[65] ハーンの「お雪」が老婆の姿をとると、これがもとは同一の話だったとは思えないほど不気味な話になる。

山梨県市川大門町に伝わる「雪のご霊」である。

ある息子が夜、舟場（山梨県南巨摩郡の地名）にいくと、恐ろしい鬼のようなばあさんが寝ている。「正体がわからん人間じゃねえような、顔人間のような顔だけんど、姿がぬれてるような、おっかねえようなでね」。逃げると呼びとめて、正体をみられた以上、殺してやるところだが、「おまえさんきれいだから殺しちゃもったいねえ。生かしてやるけんど、このことは人にもらすとおまえの命はないからそう思え」といわれる。

数年後、大雪の晩、きれいな娘が息子の家を訪れる。どこへ行くと尋ねると、海をとおって、向こうへいかにゃならんというので、この大雪ではむりだから、休んでいけと引き留める。結局、娘は家にとどまり、おかみさんのようなものになり、子供も生まれる。なんでもかんでもよくするよい嫁であった。しかし、あるとき、息子が家にもどってみると、あの舟場でみた姿をあらわしている。「こわい」といって息子は飛び出すが、つかまってしまう。
「あんときの約束忘れたか。おまえは殺してやりてえけんど、子どもがいるから殺せん。ほいだから子供をたいせつに育ててくりょ。おれはあきらめて帰るから」。それが雪のご霊《りょう》だった。(66)

なんとも不思議な話で、わけのわからないところがいくつもある。「顔人間」というのは、なにものなのか。娘はなぜ夜中に「海をとおって、向こうへいかにゃならん」というのか。息子は「人にもらすな」というタブーは破っていないようなのに、(語り手が語り忘れているのだろうか?)鬼婆が正体を現わすのは、なぜなのだろうか。それにしても「おまえさんきれいだから殺しちゃもったいねえ」というセリフの生々しさは普通ではない。ハーンの芸術作品は、ここまで土俗化するのである。

・戦時体制への順応――「銀山平の雪女」(新潟)
白馬岳の雪女とは別に、もうひとつ、明らかに一本の系統に属し、多くの書物に拾われている雪女伝説に「銀山平の雪女」がある。これは越後(新潟)の伝説としては非常に有名なもので、この地方の伝説集の決定版というべき磯部定治の『ふるさとの伝説と奇談』や、小山直嗣の『新潟県伝説集』に採録されているので、ご存じの方も多いと思う。(67)

物語の舞台となっている銀山平は、上信越国境、只見川の源流盆地にあって、かつて銀山の開発で栄えたので、この名がある。今は、奥只見ダムの完成により水没し、銀山湖（奥只見湖）を中心とする観光地として有名になっている。ただし、この銀山平という地名は、伝承によっては消えてしまい、たんに越後の伝説と紹介されていたり、北魚沼郡湯之谷村の伝説とされているので、むしろ、主人公の名前から「吾作」系と呼ぶほうが、見分けやすいかもしれない。

この物語がはじめて活字になって登場するのは、戦時体制下の一九四二年に出版された『越後の国雪の伝説』（長岡目黒書店）という本で、これは、『北越雪譜』にならい、越後に伝わる伝説より雪に関する二三話の口碑伝説を集めたものだという。著者の鈴木直については、以下の『越南タイムズ』（一九五六年）の記事以外のことはわからなかった。

> 『越後の国雪の伝説』は昭和十七年出版された。著者鈴木直氏は旧北魚藪神村（現広神村）新保出身で現在長岡市神明町××〔引用者による伏せ字〕番地に居住十日町市十日町高校教諭として在任中である。(68)

この話がまず二年後に、新潟県高田市出身の芥川賞作家小田嶽夫の『新民話叢書　雪女』（翼賛出版協会、一九四四年）に再話され、つづいて、戦後になって、児童読書研究会編「日本むかし話全集五」『雪おんな』（ポプラ社、一九五七年）に童話として登場する。そしてその後も、多くの民話、伝説集に収録されていることは、すでに述べたとおりである。そして、この間の伝承は、ほぼ確実に、文字によるもので、たいていの場合、巻末に参考文献として鈴木の書名があげてあり、また、出典が記されていない場合でも、本文を読めば、鈴木または小田嶽夫の本の再話であることが明らかで、その点、いたるところで、口碑の採話であるかのように偽装されていた白馬岳系の伝承とは違い、ずいぶんすっきりとして見える。

ただ、問題は一番古い鈴木直の本に、出典が記されていないことで、これが鈴木の創作なのか、それ以前の記録を小説的に書き改めたものかがわからないことである。話の内容からいって、わたしは、これがこのままの形で口碑として存在したものだとは信じられない。というのも、この鈴木の「銀山平の雪女」は一六頁もの長さがあって、一九一八年の大塚礫川の「伝奇物語　雪女」の二段組み一二頁という長さと並んで、ハーンに由来する雪女伝説としてはもっとも長い話となっているからである。とりあえずは鈴木直の語る物語を紹介しておこう。

上信越国境の山深い銀山平に、吾作という二十歳の若者が、父とふたりで暮らしていた。ある日、吾作は年老いた父に代わり、新年を迎えるための魚をとりに、山奥の谷川に出かけるが、思わぬ大雪にあい難渋しているところに、見たことのない不思議な山小屋をみつけ、助けをもとめる。中には、若い女が一人いて、吾作を暖かくもてなすが、名乗りもしないのに、なぜか吾作の名を知っている。そして、自分のこと、この山小屋のこと、そして今夜のことを他言しないでほしいと頼み、綿入れを吾作にかけると、白い薄着一枚になり、外へ出て行ってしまう。

吾作は不思議に思うが、翌日、女に会わぬまま、家に帰る。それから三年後、同じく雪降る山中で、吾作は、お雪という若い旅の娘に出会う。吾作は、道中をあやぶみ、家に泊めてやる。お雪は相次いで両親を亡くしたばかりで、遠縁の者を頼って、羽前鶴岡から日光へ向かう途中だという。雪はやまずに街道が途絶したため、お雪は旅をあきらめ、春になるまで吾作の家にとどまることにする。男所帯の陰惨な冬ごもりが、お雪一人の存在により、明るく華やいだ暮らしとなる。お雪は、老衰した吾作の父を親身になって世話するが、その甲斐もなく、翌秋、死去する。近くに住む叔母のすすめで、吾作はお雪を嫁にする。夫婦のあいだには、子供が次々と生まれ、どの子も利口で可愛い顔をした器量よしであった。お雪は三人の子の母となっても、若く美しいままで、その顔は雪のように白かった。その顔をながめるうちに吾作は、あの夜の記憶がよみがえり、とうとうお雪にその話を語ってしまう。

お雪の表情がかわり、

「今はもう何を隠しませう。わたしがあの晩の女なのです。「雪女」です。お約束によって唯今あなたの命は頂戴いたす筈ですが、可愛い三人の子供のために、お命だけはあなたにおあづけして置きます。子供を可愛がつてやつて下さい[69]」

と言い残し、姿を消してしまう。

この物語は細部が書き込まれているわりには、物語の根本が奇妙にぼかされていて、まず、第一に、はじめの山小屋で、吾作は、このことをもらすと命をとるとは脅されていない。ただ、他言しないでほしいとていねいに頼まれただけである。それから、この山小屋では、人の命が奪われたわけでもなく、また、雪女が吾作に心惹かれた様子もない。吾作の容姿については、作中、なにも書かれていない。雪女がなぜ吾作のもとに現われるのか、なぜ、この山小屋のことが秘密なのか、なぜ大雪のなか、吾作をおいて出て行ってしまったのか、すべてがあいまいなまま、最後にはハーンの原話どおりの結末を迎えてしまうのである。これが口碑ならば、こうした不完全な語りはよくあることなのだが、これは教員が書いた、一六頁もの長さの小説なのである。

それとは対照的に、物語の細部についての道徳的・教育的な配慮は、神経質なほど行き届いていて、吾作は近所でも評判の孝行息子で、高齢の父親は常に吾作の身を案じていて、叔母の薦めで祝言を挙げるまで、吾作は一年近くも同居するお雪に惹かれた素振りも見せない。お雪にいたっては、働き者で、よく気がきき、炊事から針仕事まで、できないことはなにひとつなく、病身の吾作の父の面倒をよくみて、伝説というより修身の教科書の登場人物のようである。

著者の鈴木直は戦中から戦後まで一貫して、郷里で教鞭をとる教員で、この本に序文を寄せているのも、新潟県学務部長と新潟県教育会長である。

鈴木は、自序で伝説とは倫理道徳の鏡であると言っている。

お伽噺めいた伝説の中に儼存するのは、敬神崇祖の念であり、忠孝を根幹とする人倫の高揚であり、将又《はたまた》良風美俗の推賞に外ならない。更に加之、纏綿《てんめん》たる親子骨肉の情を説き、其処には、時所を超越する我が国民の倫理道徳の美をも誇示して居る。（「序にかへて」五−六頁）

結局、この長い不思議な「雪女」の執筆動機として、唯一、わたしに思いつくのは、鈴木は雪女伝説の、ある種の戦時体制版を作ろうとしたのではないか、ということである。もとの雪女伝説から、殺人・異界・性愛という危険な要素を徹底的に排除して、いかに口うるさい検閲者からもクレームのつけられないような、「安全な」バージョンを作ること。それが、この越後の吾作系「雪女」の正体ではなかろうか。そのおかげで、戦時下の統制と窮乏がいよいよ頂点に達した二年後の一九四四年十二月に、その再話が『雪女』という書名をもって翼賛出版協会から出版できたのだろう。(70) だとすれば「雪女」もまた、戦争から無傷ではありえなかったのである。

• 「雪女《ゆきおなご》の話」（遠野）

遠野の昔話や口承伝説を愛する者で、鈴木サツの名前を知らない人は少ないだろう。サツは、一九一一年、岩手県上閉伊郡綾織村（現在の遠野市綾織町）に生まれ、一九九六年に亡くなるまで、最後の語り部として、遠野の昔話を全国各地で口演し、『遠野物語』や『聴耳草紙』などの書物が伝えることのできなかった、実際の昔がたりの有様を、現代のわれわれの目と耳に残していってくれた人である。

サツが一九八六年から九一年にかけて語った一八八話におよぶ昔話はすべて『鈴木サツ全昔話』に、その息づかいまで感じ取れるような見事な翻字によって記録され、音声そのものもCD化されているので、彼女の優れた語りは今でも容易に体験することができる。この『全昔話』の第一三番に「雪女《ゆきおなご》の話」が収められている。これは『遠野物語』などにある、いついつの日は雪女が出てくるので、子供ははやく家に帰れというような、断片的な言い伝えではなくて、木こりの親子が吹雪にあい、避難した山小屋で雪女に襲われるという、本格的な物語である。

ハーンの「雪女」は、どのような経路をたどってか、遠野の昔話として語られていたのである。サツの語る「雪女《ゆきおなご》の話」は、それほど長いものではないので、その内容を論じる前に、全文を見ておきたい。ただし、ここでは『全昔話』の標準的テキストではなくて、一九八八年、会津民俗研究会がおこなった聞取り調査の記録から引用しておこう。両者には語り口と表記にかなりの違いがあって、それらを比べると、方言による、本物の口承文芸を文字で固定化することが、いかに難しいか、よくわかるからである。


昔《むがす》、あったずもな。

ある時《どき》、親父ど息子ど、山サ木伐《き》りに行ったたったずもな。サア、そしてぇば、何もかにも、雪降って、吹いで、その晩げ、家《え》サ帰《けえ》って来られねぇぐなったずもな。

その親父と息子と、山小屋の中サ火《なが》ッコ焚《て》えて、あだってたっずもな。そしてぇば、風吹いで、入《へえ》り口のげば〔戸口のムシロ〕、バサァッと飛んでくれば、大抵《てえてえ》の人ァ、さっぱりハァ、消《け》えでしまるようになりなりしたったずもな。

そしてあったずが、大ーきな風吹いで来た所《どごろ》、雪の塊、もこもこもこーッと、入《へえ》って来たっずもな。

そしてぇば、その、雪の塊だど思って見でら、その塊の中に、何とも言われねぇ、美《うづぐ》しーな、何とうな、真白な、美《うづぐ》しーな、その、あねさま、親父サ、ホワーッと息《いぎ》かげだば、その親父すっかりハァ、凍《し》み死んじまったずもな。そして、その童子《わらす》サ、

「この事《ごど》、誰サもしゃべんなよ。しゃべれば、お前《めえ》の命《いのぢ》もねぇがらナ。」

って、そして出はって行ってしまったずもな。

息子ハァ、ホレ、たまげでしまって、しゃべんなって言やれだし、家《え》サ帰って来て、その男《おどご》童子《わらす》、だんだんに年頃になって居だったずもな。

そして、嬶《がが》もらねばなぐなって居てば、嬶にしてけろず、娘《あね》ッコ来たったずもな。そして、とっても美《うずぐ》し娘《あね》ッコだったず。嬶になって、それごそ、童子《わらす》持ったりて暮してらったずもな。

よほどたってからだずが、童子《わらす》三人も生れでがら、やっぱし、その、山で吹いだどきのような大風吹いて、雪の塊、飛んで歩《あり》ぐ大荒れする晩げだったずもな。その男《おどご》ァ横座《よこざ》サ、あだってがらに、

「あの時《どぎ》も、こなな晩げだったな」

って、しゃべったずもな。そしたば、そこサあだってた嬶の顔色《つらいろ》、「ザッ」と変っだっだど。

そして、

「お前《めえ》、あのくれぇ俺しゃべんなったっけ、しゃべったな。」

って、言《しぇ》ったずもな。そして、

「俺ほんとは、お前《めえ》の命《いのぢ》取んねぇばなんねぇども、今、童子《わらす》三人あるがら、お前の命ば取んねぇがら、この童子おがして〔育てて〕けろ。」

って、そして、その雪女出はって行ったんだとサ。

どんどはれぇ。[71]

これはハーンの原話を知るものにとって、衝撃的ともいえる内容と語り口ではなかろうか。少なくとも、わたしは、この話を読んだとき、その強烈な方言と土着性は別として、ハーンの繊細な物語が、芸術性を失うことなく、ここまで単純化できるのかと驚き、その驚きが、この長い論考を書こうと思い立ったきっかけとなった。

ハーンの母性愛にあふれ、強烈な個性と欲望をそなえた全能の女神は、その忘れがたい仕草と言葉の大部分を失い、寒い貧しい農村のひとりの子供から、年老いた命を奪い、代わりに若い三つの命を与え、なにも教えず、なにも説かず、めぐりくる季節の神として、墨で描かれたような単色のシルエットのまま、立ち去り消える。

いわゆる「民話」というものの、近代的な情緒と合理化になじんでしまった者にとっても、この、サツの、無駄のない、直線的な語り口は、驚きだろう。ここには、もはや茂作や巳之吉、お雪といった固有名詞はない。母親についての言及もない。地名という、雪女伝説に不可欠な、その実、いくらでも変換可能な記号もない。木こりや猟師の生活習慣についての耳障りな講釈もない。あら筋も描写も、必要最小限に切り詰められながら、しかし、物語の本質的な効果は少しも損なわれていない。「あの時《どき》も、こなな晩げだったたな」という、ただのひとことで、「嬶の顔色《つらいろ》」が「ザッ」と変わり、そこから、わずか数行で結末を語り終えてしまうスピードと緊迫感には、ハーンの原作と並べても遜色のない高い芸術性がうかがえる。

父と子の構図

しかし、この語り口はどこから来たものなのだろうか。サツ自身の回想によりながら、その起源を確認しておこう(72)。

サツの語る昔話の大部分は、幼年期に父の力松から聞いた話だという。サツの父、菊池力松は、一八八九年、綾織村の生まれ。その三年前に、『遠野物語』の採話者であり、『聴耳草紙』を著した佐々木喜善が、隣村の土淵村に生まれているので、まさに『遠野物語』の同郷、同時代人である。力松は農業のかたわら、山に入り、栗の木を買い集め、鉄道用枕木にして売る「杣《そうま》取り」をし、後には、家材《やざい》取りの「山棟梁」、製材をする「木挽き」、それに頼まれれば、臼彫りもした。サッはこの器用で多忙な父から愛されて育った。サツの家には「爺《ず》様も婆《ば》様」（三〇九頁）もいなくて、母の膝は生まれたばかりの弟にとられてしまっていたので、長女であるサツは、力松が仕事から戻ってきて「まず風呂さ入って、とにかく父が長い着物きればハ、私は「むかす」聞けるもんだと思って、父の膝の上へ行った」という。こうして風呂上がりの父に、「まっと聞かせろ、まっと聞かせろ」（三一〇頁）とせがんで、五、六歳から小学校二、三年あたりまで聞かされた話が、後にサツが人前で語る昔話の中核になった。

サツが自分の昔話の来歴を語る言葉のほとんどは、父力松について語る言葉である。力松は、綾織で三本指に数えられほどの話上手で、昔話だけでなく、近所に諍《いさか》いや離縁話などがあれば、「力松つぁん、頼んできてよ」といわれ、仲裁や用足しに出かける人であった。人柄も陽気で冗談好きで、

それに、やさしい、おだやかな人でね、私だけじゃなく、だれでも、みんなに怒らないの。母のほうは厳格な人で、私たちは小せえころ、お母《か》さんにはさんざん怒られたのす。でも、お母《か》さんにしかられたのなんか、「くそっ」と思ってるの。ただ、父に、「お前《め》、それでいいのか」って一言いわれると、背筋がびーんとなんだっけ。（三一二頁）

小笠原流の礼法の師匠になれるといわれるくらい礼儀作法に詳しく、学校の勉強もよくできて、高等小学校を出たときには「役場さ入《へ》れ」といわれたほどだった。唄もうまく、「なにやったって腕がよくてね、人一倍立派な仕事する人だった」(三一二頁)。

豆種選《え》り、煙草伸《の》し、春の田掻き、夏の草取り、秋の稲掛けと、力松の手伝いをしながら、サツは、昔話だけでなく、さまざまなことを教わった。田の草を取るのでも

「中指を一本、こうして株の真ん中さ入れて、栄養分の通りをよくするように取れ」って教えるんだよ。たぁだ取るんじゃないのよ。どうすればいいか、その理由《わけ》を子どもにちゃんとわかるように話す人だったもの、うちの父は。

父はじっさい話がうまかったんだねえ。こうやって百姓仕事教えるときだって、昔話しゃべるときだって、ただわかりやすく話《はなす》するだけじゃなくて、それがすっかり絵に見えるよな話《はなす》す人だったから、わたしには絵に見えたから、上手だったたんだねえ。

だからね、いま私が昔話を語るときも、絵が、こう、見えるような感じがするもの。……父の話は、絵で頭の中さ入っているのよ。(三一六頁)

サツの「雪女の話《ゆきおなご》」が、無駄のない、男性的な語り口であるのは、父力松の語りを忠実に模して

いるためだろう。しかし、この一見ぶっきらぼうな語り口は、身内には意外に不評で、それではわかりにくいと何度も注文をつけられた。しかし、サツは「これはこれでいいんだって。……あんだのこんだのつったら、なんにもつまらねんでねえか」と言い「親父《おやず》から聞くとき、そういうふうに聞いてから、おれはそうしゃべる」(三三五頁)といって、自分のスタイルを変えなかった。

父は説明しねんだもの。しゃべっていくうちに、自分の判断と、それからその話の内容で、私たちわかったんだもの。

細かく説明すれば、それは、聞く人がわかるかもしれないけれども、本気に昔語り聞く人は、つまらねんだっていうの。……私は、説明したくないよ。ただ、わけがわからなかったら、そのつどそこは教えるけれども、説明はしていきたくないよ、私。(三三五頁)

ここにもまた、神のように崇める人と過ごした幸せな幼年期の記憶と、その人の膝元で物語を聞いた快楽を、生涯かけて反芻する語り手がいたのである。

その力松がどこで話を聞いてきたかというと、身内には昔話を語る人がなかったので、血筋ではなくて、高等小学校の受持ちの先生で、同じ綾織出身の、稲木良介という先生からではなかったかとサツは推測している。また力松は木材の商売にもかかわっていたので、山形、秋田、仙台とあちこち出かけていて、その出先で聞いた話もだいぶ入っていたらしい。

「雪女《ゆきおなご》」の来歴

それではサツの語る「雪女《ゆきおなご》の話」はどこから来たのだろうか。

『鈴木サツ全昔話』は、国際口承文芸学会でその事業が紹介されたとき、「日本ではそんなことが可能なのか」[73]と賛嘆の声があがったといわれるほど、野心的な学術研究書でもあるが、その多くの美点のうち、わたしがもっとも感心したのは、この本の三人の編集者たちが、口承昔話というものを、いたずらに神秘化せずに、その出典をできるだけ正確につきとめようとしていることだった。わたし自身、雪女の伝説を調べていて一番困ったのも、この点で、とにかくみな一様に、その由来をあいまいにし、遙か昔から民間に伝わる物語であると、神秘のベールをかぶせたがるのである。それは、戦中から戦後にかけて右から左へと大きく舵をきった「民話」研究においても、忠実に受け継がれてしまった悪癖で、さかのぼれば、ハーンの『怪談』の「雪女」の前書きそのものが、そうしたロマン派的偽装の罪を完全には免れていないのである。

しかしこの本において、鈴木サツは、(なぜ編集者たちがそんなことを知りたがるのか、あやしみながらも)あきれるほど正直に、自分の昔話の来歴を語り残している。これまでの民話や昔話の研究書で、ここまで語り手に、その手の内を公開させた例はないのではないか。

一例をあげておこう。

「おしらさま」は遠野の昔話を代表する話で、この全昔話でも第一番として巻頭に収録されているが、サツは、この話を耳にしたことはあるが、父の力松から昔話として聞かされたことはなく、したがって、本来、自分の語れる話ではなかったと告白している。これを語るようになったのは、一九七一年、遠野の市民センターにホールができて、そのこけら落としに呼ばれたときに、突然、「おしらさま」を語ってほしいといわれて、開演直前に、土淵小学校の校長福田八郎に教わってからだという。それで初めの頃は、語っていても、どこかぎこちなかったが、その後、何百回と語るうちに、ようやく自分でもしっくりいくようになった。しっくりいくというのは、サツの場合、父の語りに近づける、父の語ったように語り直すということである。

「雪女《ゆきおなご》の話」もまた、「おしらさま」同様、「昔話かたるようになってから人に教えられた話」(三二九頁)だった。サツが公けの場で昔話を語るようになったのは、一九七一年、NHKが父の取材に訪れたときのことで、このとき、力松が老齢と病気のために昔話を語りきれないでいるのを見かねて、代役を務めたことがきっかけとなっている。

したがって、「雪女《ゆきおなご》の話」を知ったのは、おそらく一九七〇年代、サツが六十歳を越えてからのことである。七〇年代といえば、ちょうど第二次民話ブームのさなか、松谷みよ子のもとへ「二十万部売ってみせる」と豪語する編集者が現われ、『日本の民話』全十二巻の企画を持ちこんできたころである。松谷は、このシリーズの第二巻「自然の精霊」(一九七三年)にも、「雪女」を収録し、翌七四年には、旧版の『信濃の民話』も、未來社から「ほるぷ」に版を移し、ふたたびベストセラーとなっている。サツにこの物語を教えたのは、かかりつけの医師で、遠野生まれの佐々木洋で、佐々木がどこでこの話を知ったのかは推定するしかないが、多忙な町医者という職業を考えれば、ごくありふれた、一般的な書物で読んだと考えるべきだろう。だとすれば、それは松谷の「民話」であった可能性がもっとも高い。遠野地方にハーン型の雪女の話が、それ以前に存在した形跡はないし、ハーンの「雪女」とは、内容的に隔たりが大きすぎるように思えるからである。

それに対し松谷の「雪女」との違いはわずかで、猟師の親子を木こりに変え、子供の数を五人から三人に減らせば、筋書き的には、ほぼ一致する。いや、一致するのは、筋書きばかりでない。その成立事情もまた、よく似ているのである。要するに、語り手サツが誕生したのは、マスメディアからの取材と公的機関からの依頼がきっかけとなっていた。この点だけに注目すれば、遠野の「雪《ゆき》女《おなご》の話」を産み出したのは、松谷の「雪女」と同じく、そして、これまで紹介した多くの民話と同じく、共同体的な口承のシステムではなくて、「民話」を求める、近代的なマスメディアからの需要と圧力だった。しかし松谷とサツの物語が似ているのは、ここまでで、ここから先、両者のあいだには、かなり大きな本質的な違いがいくつかあらわれてくる。

失われた言語空間への遡行

たとえば、その長さ。サツの「雪女の話《ゆきおなご》」は、松谷と比べて圧倒的に短いだけでなく、これまで見た伝承全体のなかでも、もっとも短い部類に属している。しかし、その短さは、『大語園』や村沢の「雪女郎」のような、既存の物語の「要約」としての短さではない。また、福島県小平や山梨県大門の伝承のような、口碑特有の変形・断片化しての短さとも違う。堂々と物語を語りきっての短さ、不要な説明や装飾をすべて切り落としての短さなのである。

「雪女の話《ゆきおなご》」は、結果として、ハーンの原作に由来する、すべての固有名詞を失い、民俗学の定義でいえば、「伝説」から「昔話」に移行しているが、それは意識的な移行というよりは、意味なく語り伝えられてきた「名前」を、語り継ぐことをやめてしまったことの結果にすぎないように思える。

そして最大の違いは方言である。

松谷は、「情話」という成人向けの読みものであった白馬岳の雪女伝説に、演劇的な仕草とセリフを取り入れ、そのセリフの語尾に人工的な方言を付加することで、「読み聞かせ」に向いた、近代的「民話」あるいは「童話」に仕立て直した。しかしそれは、あくまで読みものとしてのジャンルの変更であり、ターゲットとする読者層を変更しての現代風アレンジであって、文字世界の読みものという基本的な属性が変更されたわけではなかった。

サッは物語全体を方言で語っている。それは読みものとしてのジャンル変更ではなく、読みものから語りものへの移行であった。英文学の世界に誕生し、長いあいだ、日本の「伝説」「民話」という文字世界をさまよっていた「雪女」は、とうとう、本物の遠野綾織村の方言世界へ足を踏み入れたのである。それは純粋な話し言葉の世界への移行で、しかも半世紀以上も前の、すでに失われた過去の言語空間への遡行であった。

その変更は、サツのような経歴と資質の人にとっても、容易な作業ではなかった。サツの父力松は、日常的にしゃべる言葉そのままで、昔話を語った。しかし、サツが昔話を公けの場で語りだしたとき、そうした方言はすでに失われていた。その変化は、戦後に生じたものではなく、一九四〇年代の初期、戦時中にサツが、農村を捨て、遠野の町中に移り住んだときには、身の回りに生じていた変化だった。その頃、遠野の町中で使われていたのは、サツの知る方言ではなくて、「通用語」であった。昔話も方言で語っていては、自分の子供たちにさえ通じないので、サツは町中の「通用語」でもって語っていた。

サツが、一九七〇年代に「おしらさま」を語りはじめたとき、それがどうにも、長い間、しっくりこなかったというのも、初めに福田八郎から教わった話が、方言ではなくて、「ふつう」の言葉で語られていたからだった。サツは「あるとこに、きれいな娘がいた」と聞かされたが「きれい」は方言ではない。それでも「きれい」が、方言でなんといったか、サツにはもう、なかなか思い出せなかったという。

あんまり出てこねえから、あるとき、昔話かたりさ行った先でいっしょになった、民謡うたう遠野の人に聞いてみたのよ。

「「きれいだ」つこと、なんていってたか知らねえ?」

つったら、その人は、

「「美す《うつく》」かんべだら」

つんだよ。

「それ、それ、それよ」と思ったね。昔話のなかでは、「きれいな娘」じゃなくて、「美す《うつく》ーう娘あったったずもな」でなけらば、しゃべれないんだもの。(三三三頁)

「雪女の話《ゆきおなご》」の語り直しも、同じことだった。「嬶《がが》にしてけろず」とやって来るのは、「きれいな娘」ではなくて、「美し娘ッコ《うずぐあね》」でなくてはならない。「あったけえ」は「温《ぬ》けえ」でなくてはならない。それがサツの語るという作業であった。

サツはこうして一九七〇年代に「人前で」昔話を語るために、父力松の語った遠野綾織村の方言を取り戻していったのである。その失われた世界に、回帰するなかで、サツが語り直した物語は、サツ個人の嗜好と思想の産物であるよりは、サツの生存時点ですでに失われていた、遠野の農民世界を色濃く反映させた物語となっていった(74)。

これまで多くの「雪女」の変容と再話を眺めてきたが、それらは基本的にはすべて、時代への適合であり、個人の趣味や興味への最適化であった。ハーンの「雪女」は、口承で土地に伝わる伝説であると出自を偽装されたうえで、山の「情話」として、戦時体制下の教訓物語として、そして子供向けの読み書かせ童話として、仕立て直されてきた。しかし、鈴木サツの語り直しは、それとは別次元の作業であったように思える。それは現代の社会的需要への直接的対応ではなくて、過去の言語とその表象・象徴世界への遡行だった。それは「今のわたし」の再話ではなく、「過去のわたしたち」による再話であった。その過去がどれくらい以前にまで遡れるのか、判断は慎重にしなくてはならないが、少なくとも、それは父力松の膝の上で幼いサツがうっとりと耳を傾けていた時代にまでは遡れるものであったろう。いや、そこからさらに半世紀くらいは遡れると考える人もいるかもしれない。それができたのは、もちろん、サツが文字に依拠する芸術家ではなく、新聞記者でなく、民話作家でもなく、ただ、耳で聞き覚えた言葉の世界を優先する語り部であり、そこに愛する力松がいたからだろう。

こうして「雪女」は、遠野の昔話になったのである。

第二部　転生する女たち──漱石とハーン

漱石「第一夜」を読む

〔本書への収録にあたって〕

本稿は、はじめ大澤吉博編『テクストの発見』（叢書比較文学比較文化6、中央公論社、一九九四年）の第二部「「夢十夜」「第一夜」を読む」に、やや特殊な形式のもとで発表された。この第二部は、冒頭に漱石の「第一夜」全文をまず共通テクストとして掲げておき、それに対し三人の研究者（小森陽一、小林康夫、遠田勝）が評釈を試みるという、一種の競作的な企画だった。依頼された原稿の長さは、四〇〇字詰め二〇枚以内で、内容的にもテクストに密着した読解をおこなうことという、やや厳しい条件がつけられていた。

そうした制約があったために、テクストや先行研究の引用を極端に切り詰めなくてはならず、あらためて自分の寄稿分だけを取り出してみると、かなりわかりにくいように思えた。それで今回、単行本に収めるにあたり、初出にならい、まず冒頭に、漱石「第一夜」の全文を掲げておくことにした。また、切り詰めた引用も、もとに戻した。

それからもう一点、説明しておきたいのは、これは純然たる漱石論なのに、なぜハーンの物語論をテーマとする本書に収めるのかという点だ。この原稿の依頼をうけたとき、わたしははじめから、過去の漱石研究のいくつかの批評に逆らい、もう一度、「第一夜」をシンプルでナイーヴな転生物語に戻して読んでみようと心に決めていた。それはひとつには、『夢十夜』とくに「第一夜」をとりまく、これを転生物語としては読まない、アクロバティックで抽象的な読みに少し食傷していたからで、もうひとつには、次章の「転生する女たち」に記すように、その頃、平川祐弘教授により『夢十夜』とハーンの「怪談」のあいだの関係性が指摘されていたからである。要するに、わたしは「第一夜」をハーンの「怪談」と同じレベルの物語として読もうと考えたのである。初出でハーンに言及しなかったのは、それをすると、二〇枚ではとてもおさまりきらず、また、この企画の意図からも外れてしまうと考えたからである。

今回、それらの制約がすべてなくなった。だからといって、ここで改めてハーンに言及することはしなかったが、できれば、次の「転生する女たち」とあわせて、「怪談」論の一環としてお読みいただきたい。十五年も間をあけてしまったが、もともと、この二つの論文は、一つの構想のもとに執筆したものだからである。

第一夜

こんな夢を見た。

腕組をして枕元に坐つて居ると、仰向《あふむき》に寝た女が、静かな声でもう死にますと云ふ。女は長い髪を枕に敷いて、輪廓の柔らかな瓜実顔を其の中に横たへてゐる。真白な頬の底に温かい血の色が程よく差して、唇の色は無論赤い。到底死にさうには見えない。然し女は静かな声で、もう死にますと判然《はつきり》云つた。自分も確《たしか》に是れは死ぬなと思つた。そこで、さうかね、もう死ぬのかね、と上から覗き込む様にして聞いて見た。死にますとも、と云ひながら、女はぱつちりと眼を開けた。大きな潤のある眼で、長い睫《まつげ》に包まれた中は、只一面に真黒であつた。其の真黒な眸の奥に、自分の姿が鮮に浮かんでゐる。

自分は透き徹る程深く見える此の黒眼の色澤《つや》を眺めて、是でも死ぬのかと思つた。それで、ねんごろに枕の傍へ口を付けて、死ぬんぢやなからうね、大丈夫だらうね、と又聞き返した。すると女は黒い眼を眠さうに瞬《みはつ》た儘、矢張《やつぱ》り静かな声で、でも、死ぬんですもの、仕方がないわと云つた。

ぢや、私の顔が見えるかいと一心に聞くと、見えるかいつて、そら、そこに、写つてるぢやありませんかと、にこりと笑つて見せた。自分は黙つて、顔を枕から離した。腕組をしながら、どうしても死ぬのかなと思つた。

しばらくして、女が又かう云つた。

「死んだら、埋めて下さい。大きな真珠貝で穴を掘つて。さうして天から落ちて来る星の破片を墓標《はかじるし》に置いて下さい。さうして墓の傍《そば》に待つてゐて下さい。又逢ひに来ますから」

自分は、何時《いつ》逢ひに来るかねと聞いた。

「日が出るでせう。それから日が沈むでせう。それから又出るでせう、さうして又沈むでせう。――赤い日が東から西へ、東から西へと落ちて行くうちに、――あなた、待つてゐられますか」

自分は黙つて首肯《うなづい》た。女は静かな調子を一段張り上げて、

「百年待つてゐて下さい」と思ひ切た声で云つた。

「百年、私の墓の傍に坐つて待つてゐて下さい。屹度《きつと》逢ひに来ますから」

自分は只待つてゐると答へた。すると、黒い眸のなかに鮮に見えた自分の姿が、ぼうつと崩れて来た。静かな水が動いて写る影を乱した様に、流れ出したと思つたら、女の眼がぱちりと閉ぢた。長い睫《まつげ》の間から涙が頬へ垂れた。――もう死んで居た。

自分は夫れから庭へ下りて、真珠貝で穴を掘つた。真珠貝は大きな滑《なめら》かな縁の鋭どい貝であつた。土をすくふ度に、貝の裏に月の光が差してきら〳〵した。湿つた土の匂《にほひ》もした。穴はしばらくして掘れた。女を其の中に入れた。さうして柔らかい土を、上からそつと掛けた。掛ける毎《たび》に真珠貝の裏に月の光が差した。

それから星の破片《かけ》の落ちたのを拾つて来て、かろく土の上へ乗せた。星の破片は丸かつた。長い間大空を落ちてゐる間に、角が取れて滑かになつたんだらうと思つた。抱き上げて土の上へ置くうちに、自分の胸と手が少し暖くなつた。

自分は苔の上に坐つた。是から百年の間かうして待つてゐるんだなと考へながら、腕組をして、丸い墓石を眺めてゐた。そのうちに、女の云つた通り日が東から出た。大きな赤い日であつた。それが又女の云つた通り、やがて西へ落ちた。赤いまんまでのつと落ちて行つた。一つと自分は勘定した。

しばらくすると又唐紅《からくれなゐ》の天道《てんたう》がのそりと上《のぼ》つて来た。さうして黙つて沈んで仕舞つた。二つと又勘定した。

自分はかう云ふ風に一つ二つと勘定して行くうちに、赤い日をいくつ見たか分らない。勘定しても、勘定しても、しつくせない程赤い日が頭の上を通り越して行つた。それでも百年がまだ来ない。仕舞《しまひ》には、苔の生えた丸い石を眺めて、自分は女に欺されたのではなからうかと思ひ出した。

すると石の下から斜《はす》に自分の方へ向いて青い茎が伸びて来た。見る間《ま》に長くなつて丁度《ちやうど》自分の胸のあたり迄来て留まつた。と思ふと、すらりと揺《ゆら》ぐ茎の頂《いたゞき》に、心持首を傾けてゐた細長い一輪の蕾《つぼみ》が、ふつくらと瓣《はなびら》を開いた。真白な百合《ゆり》が鼻の先で骨に徹《こた》へる程匂つた。そこへ遙《はるか》の上から、ぽたりと露が落ちたので、花は自分の重みでふら〳〵と動いた。自分は首を前へ出して冷たい露の滴《したゝ》る、白い花瓣《はなびら》に接吻した。自分が百合から顔を離す拍子に思はず、遠い空を見たら、暁《あかつき》の星がたつた一つ瞬《また》いてゐた。

「百年はもう来てゐたんだな」と此の時始めて気が付いた。

（『漱石全集』第八巻、岩波書店、一九六六年）

わたしたちは、この作品を今一度、素直になって、伝統的な仏教説話や民話、伝説と同じように、完成された、ひとつの転生物語として読むことはできないものだろうか。

それは、これまでの漱石研究のなかのいくつかの批評に逆らうことになるが、しかし、「第一夜」は、あるひとつの設定を除けば、それほど解釈に難渋するような作品ではなく、むしろ気恥ずかしくなるほど純真なロマンティシズムに彩られた、愛を希求する夢物語として読んでもいいのではないか。そう読まなくてはならないとはいわないが、そう読んでもさしつかえないほど、シンプルでナイーヴな転生物語であると、わたしは思う。そして、転生という物語の基本的枠組みさえ否定しなければ、この作品を読むには、作者の「隠蔽」や意識の「検閲」、あるいは時間の「凝滞《ぎょうたい》」といった特殊な批評用語は必ずしも必要ではないし、そうしたツールなしでも、充分に意味あるひとつの絵柄を描くことはできる。

そもそもわたしたちはこの作品を読む時、地上の出来事に気を取られすぎていて、地下の出来事に配慮が足りなかったのではないか。女が百合に生まれ変わったからというのではないが、普通、植物が花ひらくとき、その活動はそれ以前、つまり地中に種子が播かれた時に始まっている。樹を見て根を見ないというか、花を見てようやく春を悟るというのは、都市に生まれ育った人間がもつ共通の迂闊さだけれども、同様の不注意がこれまでの「第一夜」解釈についても指摘できるのではないか。

わたしたちは確かに死期を悟り再生を誓った若い美しい女のことは考えてきた。そして墓のかたわらで百年の間、腕組みをして待つ男のことも考えてきた。天上を巡る赤い日や、瞬く星や、降り下った一滴の露などといった細かな点まで注意を怠らなかった。もちろん墓に咲いた一輪の百合の花は常にわたしたちの論議の中心にあった。しかし、その花と女を本当に結び付けること、すなわち地下にあって百年の間、五大に還ることを拒み、天上にも浄土にも生まれ変わらず、暗い湿った土の中でさして情愛が濃いとは思えぬ男の「信」だけを頼りに再生を念じていた女の心中のことは、わたしたちの考慮からすっぽりと脱け落ちていたのではあるまいか。数え切れないほどの赤い日を数えて復活を待ち望んでいたのは男だけではない。地上の百年は長く淋しかろうが、地下の百年はさらに長く淋しかったはずである。それなのに、これまでの批評のなかで、わたしたちは復活を果たした女に向かい、こんな言葉をかけてきた。

石の下から青い茎が伸びて来て、真白な百合の花が咲くと、「百年はもう来てゐたんだな」と気がつく。女は遂に逢いにやって来ない。(1)

この白百合は、真実、女の化身であるか。それを証すべき何物もないではないか。ただに、「自分」が、それを女と思うだけのことだ。だから、百年が過ぎたことを、確証できたのではなくて、受動的に、「始めて気が付」かされることになっているのではないか。……またたとえ、この白百合が女の化身であったにしろ、それを、かつての女として良いものか。……「自分」はやはり、「欺された」と言って良いのではないか。……白百合は宇宙の露をうけ、それとして美しいかもしれぬが、その実無惨なる代償物にすぎない。(2)

なるほど「百年はもう来てゐたんだな」と最後に気がついた「自分」はそこにすくなくとも再生を認めたことになるのであろう。けれども百合の花の出現が果たして言葉の正しい意味での「よみがえり」といえるだろうか。「モード」の恋人が絶望の中で夢みたようになぜ彼女は起きて彼に腕をなげかけてくれなかったのだろう。……やはり何故本当の「復活」でなく象徴的な物いわぬ百合の出現を選んだのか、という疑問は氷解しない。(3)

なるほど百合は女とは似て非なるものにちがいない。再生したのが女ではなく百合であったと気づいた時の男の気持ちには確かに幻滅や失望が混じっていたろう。しかし、その「無惨なる」花が、男に逢いたいという女の百年の思いが凝り固まったものだとすれば、また、その思いを男が確実に了解したのだとすれば、男の心には少なからぬ喜びも混じっていたはずである。

「百年はもう来てゐたんだな」という男の独白が、事実を告げるばかりで何ら感情を表わしていないのは、そこに感情が生じなかったからではなくて、そこに生じた感情が一言で告げるにはあまりにも強く、また複雑だったからだろう。歓喜と絶望の完全な均衡——それがわたしの読後感であり、それをとりあえずは、この作品の眼目であるとしてみよう。

これまでのいくつかの「第一夜」論において、わたしたちは転生というものを安易に考えすぎていたのではないか。いかに女が自分の死と復活の時期を正しく予期したからといって、自分の意志と都合だけで転生を支配できるものではない。百年待てといったのは、百年たてば逢いに来てやるということではなく、百年たたなければ逢いに来られないということだろう。すなわち、この作品において転生は、女の都合一つで決められるものではなく、また神々や作家の気まぐれ、あるいは逃れがたい因果応報の理《ことわり》によって他律的に生じた現象としても描かれていない。百合への転生は、たとえ気楽な傍観者には物足りなく思えても、その実、百年にわたる女の思慕と、同じく百年にわたる男の待機という、ありうべからざる二つの行為から生じた真の奇跡だと考えてみよう。

「百年待つてゐて下さい」と女が「調子を一段張り上げて」「思ひ切た声で」頼んだのは、男の決意を促すためだけでなく、転生が容易ならざることを覚悟して自らを奮い立たせるためであった。女が「屹度逢ひに来」るといい、戻るといわなかったのも、若い美しい女の姿のままでの再生が難しく、場合によっては無惨な形での転生に終わるかもしれぬという予感がはたらいていたからにちがいない。墓は真珠の貝で掘れ、墓標には星の破片を立てよと遺言するのも、別に少女趣味からロマンチックに葬られたいというのではなくて、その正確な理由は知り難いけれども、そうして葬られることが転生には是非とも必要だったからだろう。
そう考えたとき、次につづく埋葬の場の一種、異様な明るさは、新しい別様の解釈を可能にしてくれるだろう。

自分は夫れから庭へ下りて、真珠貝で穴を掘つた。真珠貝は大きな滑かな縁の鋭どい貝であつた。土をすくふ度に、貝の裏に月の光が差してきら〳〵した。湿つた土の匂もした。穴はしばらくして掘れた。女を其の中に入れた。さうして柔らかい土を、上からそつと掛けた。掛ける毎に真珠貝の裏に月の光が差した。

それまでの腕組みをした男と仰向けに寝る女の噛み合わぬ会話から解放され、行動の描写に移ったせいもあるだろうが、この短い文章のリズミカルな積み重ねは、明らかにそれまでとは違う躍動感をもち、物語の停滞はここではっきりと打ち破られている。「湿つた」匂いのする「柔らかい土」――ここから次の節まで五度にわたり言及される土の、思わず手にとって鼻先で確かめたくなるような豊饒さ。この、埋葬ではなく播種にこそふさわしい柔らかな湿った土に「大きな滑らかな縁の鋭い貝」が穴を穿ってゆく。そうして掘りあげ埋め戻す間にも、貝の裏には白い月の光が降り注ぎ、たっぷりと光を浴びた土が女の死骸に「そつと」降り積もる。ここには動物的とも植物的ともいえそうな不思議な生殖のイメージが満ちている。
穴を掘るのが命を断ち切る鉄の刃物ではなく、そこに掛けるのが不毛の粘土沙石ではないのは、これが埋葬ではなく、あらたな生命を迎えるための再生の儀式だからである。その墓に、死者の妄執を押さえ込む、重く四角い墓石ではなくて、「角が取れて滑らかになつた」星の破片を「かろく」乗せたのも、同じ理由からだろう。だからこそ、この作業を終えた男の胸と手は「少し暖くなつた」のである。

言葉を換えれば、「自分」の胸と手はほとんど冷えている。この美しい夢で痛切なのは、その胸を暖める愛であるよりは、そうした愛への憧憬を必至とする存在の喪失感、そこからする冷え冷えとした感覚だと言ってよいので、ここにちりばめられた真珠貝、月光といった冷たいイメージもまたそれと照応する。つまりこれは漱石の痛き夢なのである(4)。

という越智治雄の読みは、ため息が出るほど、的確で鋭いけれども、物語の流れからいえば、強調の方向がさかさまに思え、ここではあくまで素直に、それまで冷たかった男の胸と手が少し暖まったと、冷から暖へ、すなわち死から生、あるいは暗から明への物語の転換点として読んでおくことにする。なぜなら、ここに初めて、ほの暗かった夢の世界に、太陽が出現し、その動きを軸に、物語は目が眩むばかりの速さで女の再生の場へと一気に突き進んでゆくからである。

ここに始まる百年の待機の場については諸説があるが、そのなかでもっとも理解しにくいのは、百年待つ間、男は本人の気づかぬ間に死んでしまったという、柄谷行人と石原千秋の説である。

……「百年はもう来てゐたんだな」と気がつくのは、自分がそのとき死んでいるということだ。女が百年経ったら逢いにくるといったのは、ただ「自分」が死ぬことによってのみその女に誰にも邪魔されず会うことができるという意味にほかならないのである。「百年」とは、したがって自分が死ぬという一つの飛躍を意味しており、またこの飛躍が自己（意識）にとっては体験不可能であるために、「百年」の長さという象徴として表現されているにすぎない。(5)

「第一夜」は、ある男と女が他界〔すなわち死の国〕において結ばれる物語だが、物語としてのポイントは、いかにしてこの男（語り手の「自分」）を現世から他界へ連れていくかという点にある。その観点から見れば、女は男を現世から他界へ案内する案内人の役目を担っていると考えられる。(6)

ここで困惑させられるのは、両者がいったん作品世界を出てしまい、別の視点、論理から男の死を想定し、女の転生を否定していることで、これをあくまで転生があったと信じ、物語を地中に葬られた女の心中から読み直す立場からすると、男が女の言葉に欺かれて死の世界に入り込んだとするなら、そこで再会するのが、なぜ若く美しい女でなくて、名乗ることもできない一輪の花なのか。愛する男を死の世界に誘い込んでおきながら、その死の世界にわざわざ百合に生まれ変わってくる女とは一体何者なのか、およそ説明がつかないのである。要するにこの二つの解釈において、女の意志や実在は初めから問題にされていない。わたしたちの女への無理解・無関心と、転生への不信仰は、ここに極まった観がある。

この百年の待機の場について時間が凝滞しているのではないかと古井由吉は言う。

> この夢の中の主人公は百年という枠の中に閉じ込められている。閉塞の百年です。これが漱石の時間の感じ方の一つの基調ではないかという気がします。……本質的に漱石という人は小説家として大きな欠陥となるものを持っていたのではないか。時間が、流れではなくて、むしろ渦を巻いて滞るときに筆が冴える。(7)(「凝滞する時間」)

凝滞という珍しい漢語のためか、この説はずいぶん流行して、後に島田雅彦も『漱石を書く』のなかでこのくだりを引きながら「第一夜」を「恋愛の挫折」(8)と分類している。

この百年の待機に時間の凝滞を感じるのは、そこに男が意味もなく閉塞されていると見るからで、結局はこの説もまた、女はそのままの姿で現われなかった、男の期待は裏切られ、転生は失敗し、恋愛は挫折に終わったとする見方に与《くみ》するものであろう。すなわち、この百年に何の意義も効能も認めないから、凝滞という語が頭に浮かぶのであって、そこで凝滞しているのは、実は作中の時間ではなく、読み手の意識の方なのである。

はたして百年は男にとって無意味な閉塞の時間であったのか。

ここでもっと単純に、物語の冒頭と結末を見比べることにしよう。初め男はもう死にますという女に「さうかね、もう死ぬのかね」と答えるような人間であった。相手の気迫に押され、待っているとは答えたものの、死にゆく女に積極的にはいかなる愛情も表現できなかった男である。その男が結末では女の化身と気づかぬ先から百合の花瓣に接吻している。女と気づいてから接吻したのではない（それでは平凡すぎる）。女と気づかぬから接吻したのでもない。女とは気づかぬうちに接吻していたのである。しかもそれは、これまで女の指示に従ってきただけの男が作中で唯一、初めてとった自発的行動なのである。男の成長と百年という歳月の意義はこの一点にはっきりと感じ取れる。ここには、また、それを直接的な告白や叙述ではなく、主人公の行為に封じ込めてしまった漱石の技倆の冴えも読み取ることができる。

男は接吻して初めて女だと気づいた。それはこの男に接吻を求めるような存在――この男に思わず唇を差し出させるほどの力をもった存在が女しかありえないからである。すなわち男は外界の現象からだけで百合の正体に思い至ったのではなく、自身の変化と行動によっても女の再生と百年という時の経過に心づいたのである。したがってわたしは、

〔冒頭で女の流す〕「涙」は、結末の「遙の上から、ぽたりと露が落ちた。」という「露」と照応し、冒頭で繰返し特徴的に表現された女の「眸」は、末尾の「遠い空」に「たつた一つ瞬」く「暁の星」に再生している。(9)

という作品の冒頭と結末の照応に注意を促した鋭い指摘には脱帽するが、

つまり、女は「遙の上」にあり、その示唆として地上の「百合」が出現するのである。なぜなら、百合は男が女の末期の言葉を信じて待った結果、現われるのではなく、正確には「女に欺されたのではなからうか」とただ一度疑った直後に、その反応として出現するという文脈になっているからである。(10)

という天上再生説は採用しない。ここで石井和夫が指摘しているとおり、女の臨終の場と再生の場が明らかに照応・対比の関係にあると思うからこそ、わたしには女が天上にいるとは思えないのである。

すると石の下から斜に自分の方へ向いて青い茎が伸びて来た。見る間に長くなつて丁度自分の胸のあたり迄来て留まつた。と思ふと、すらりと揺ぐ茎の頂に、心持首を傾けてゐた細長い一輪の蕾が、ふつくらと瓣を開いた。真白な百合が鼻の先で骨に徹へる程匂つた。

照応するのは涙と露、眸と星ばかりではない。この胸元にまで伸びて来た百合と男の近接もまた、耳元にまで口を寄せ、あるいは目と目を見つめ合った冒頭の位置関係の再現で、間違いなく「瓜実顔」の「真白な頬」の女は、「真白な百合」となって甦っている。だとすれば冒頭と結末で大きく異なるのは、女が百合となったことよりも、むしろ、かつてはそこまで近づきながら触れることもなく腕組みに戻ってしまった男が、今度は躊躇《ためら》うことなく、その「白い花瓣」に接吻したことの方なのである。逆にいえば、この変化を際立たせたいがための首尾照応ではないか。

先にわたしは女の転生を男と女の百年の待機が生んだ奇跡であると書いたが、実をいえば、転生は今一つの奇跡を実現するための前提条件にすぎない。女が百年待てといったのは、もう一度、男に逢いたい、ただ、それだけのためであった。しかし、いかに男が根気よく百年待ってくれていたとしても、芹《せり》や薺《なずな》に生まれ変わっては男にそれが自分だと伝えることはできない――土の中に葬られた者として植物に生まれ変わらねばならぬ身の上だとしても、どうかそれは一目で自分と知れるような――願わくば今わの際のように男が顔を寄せてくれるような一輪の美しい花でありたい――地中にあって百年の間、女はそう念じつづけていたと考えたいのである。

その女の胸中を念頭に置いて、最後の一場をもう一度読み直してみよう。

青い茎がするすると「見る間に長くなつて」伸びてきたのは、転生がかなない男に逢える喜びと、男の疑念を悟っての、これ以上の遅延は許されぬという焦りからだろう。「すらりと揺ぐ茎の頂に、心持ち首を傾けて」咲く様は前世の女にも増して清婉であるが、一滴の露の重さも支えきれずふらふらと動くところに、百年の心労はまだ色濃く影を留めている。その疲れて心細げな花さきから「骨に徹へる程」の芳香を放つのは、男へ向けた精一杯の合図であろうが、その烈しい思いはもはや可憐をこえて凄愴の気味さえ帯びている。それらすべての言葉にならぬ、いや言葉以上に強く確かな告白と証明だけが、男を愛の行為に誘う力をもちえたのである。

それにしても、これほどの女の愛着に対し男はなぜ物語の冒頭においてあのような冷淡な態度をとったのか。これまで見てきたように物語の後半は、まことにすっきりしたラブ・ロマンスの形をとっているのに、そこにあらゆる難解な解釈がほどこされてきたのは、元はといえば、この冒頭の男女の会話があまりも奇妙で現実離れしているためだった。その強引な辻褄合わせが、これまでの「第一夜」論における、女の存在を無視・黙殺する批評スタンスとなってきたのである。

つぎに作者が意図していることとは、「自分」と女の心理からヒューマニズムの脂気をすっかり抜き去ることである。女と自分との関係は「屹度逢ひに来ますから」「百年待つてゐて下さい」と女はいい、「自分」も「待つてゐる」と答え且つ実行したほどの間柄である。両者の間に生死を超えた愛があったにちがいない。しかし女が死に至るまで、悲嘆や執着や苦悩など、人間臭いものは一切彼らの意識に上らない。死を目の前にしながら彼らは一滴の涙すら流さない。[11]

これは独立した個人対個人の対話というより一心同体の人間のモノローグとほぼ等価の密語であり、いわば、自問自答に他ならない。[12]

この二つの論考はこれまでの「第一夜」論のなかでもっとも尊重すべき文章だけれども、この冒頭の男女の会話についての解釈については、わたしは同意したくない。「もう死にます」「さうかね、もう死ぬのかね」で始まる対話に初めから「生死を超えた愛」や「一心同体」的な感情を見出すことは難しいからである。むしろこう考えた方が自然ではないか――女は初めから男を知り愛していたのに対し、男の方は女を知らず愛してもいなかったのだ、と。

腕組をして枕元に坐つて居ると、仰向に寝た女が、静かな声でもう死にますと云ふ。女は長い髪を枕に敷いて、輪郭の柔らかな瓜実顔を其の中に横たへてゐる。真白な頬の底に温かい血の色が程よく差して、唇の色は無論赤い。

男の視線は女の体と姿勢から頭部と顔の輪郭へ、そして頬から唇へと徐々に焦点を定めている。この視線の動きは既知の人物に対するものではない。未知の存在に驚き怪しみ、その正体を探ろうとする視線である。男の疑惑と驚きは、女が元気そうなのに死にますといったことからではなく、そもそも女がそこに存在することから始まっている。

「さうかね、もう死ぬのかね」という男の返事は平静にすぎ、何か非人情あるいは非人間的な関係を思わせるかもしれないが、男が女を知らぬとすれば、それはごく当たり前の反応となる。わたしたち凡人でも夢中に目覚め、隣に寝ている見ず知らずの若い女からもう死にますといわれたら、やはりこの男のように「さうかね」と答えるしかないではないか。慰めや約束を与えるのは今少し女の正体を見極めてからのことで、「生死を超えた愛」で結ばれるのは、それから遙か後の百年後のことだろう。

だとすれば、冒頭でこれほど冷淡な反応を示した男が、女の眸に映る自分の姿を見つめた後、一転して「ねんごろに枕の傍へ口を付けて、死ぬんぢやなからうね、大丈夫だらうね」と優しい態度を示す理由もはっきりする。男は女が自分にとってよほど大切な人らしいということに朧気ながら気づきだしたのである。

ただし、死にかけている女から「又逢ひに来ますから」といわれ、何の疑念もなく「何時逢ひに来る」と問い返し、百年待てといわれれば「黙つて」頷く男の態度には、女にもう一度逢いたいという執着が芽生えていたにせよ、それとは別に、幼児にも似た無知と従順さを想定しなくてはならない。それはこうした男の反応からだけでなく、男を見下ろしているような女の態度と言葉の端々からも容易に看て取れる特徴なのである。

「でも、死ぬんですもの、仕方がないわ」という返答にせよ、「そら、そこに、写つてるぢやありませんか」と自分の眸を指すのに相手の眸を代用するいい方にせよ、これらは明らかに対等の男女の言葉遣いではない。埋葬の指示についてもそうだが、次の「日が出るでせう。それから日が沈むでせう」の童話的な反復にはそれ以上にはっきりと、女が相手の稚《おさな》さを思いやっての噛んで含めるような口調が窺える。事実、男は百年の待機の初日に「女の云つた通り日が東から出た。……それが又女の云つた通り、やがて西へ落ちた」と感心しているから、これまで男に日を見た経験のなかったことが分かる。

すなわち「こんな夢を見た」という書き出しは、たんに以下が夢の物語であることを示すだけではなく、この時点で男の意識が芽生えたという夢中の誕生を告げる言葉でもあった。このような男女の会話が齟齬して非現実な響きを帯びるのは当然のことであるが、その非現実味は、漱石が非現実的な叙述を採用したために生じたのではなく、その非現実的な設定を説明不要の自明の事実としてあまりにもリアルに細密に描きこんでいったために生じている。逆にいえば、そうした非現実的な設定を現実に甦らせるための工夫が「こんな夢を見た」という書き出しなのである。

百年という待機は女の転生だけでなく男の成長のためにも必要不可欠な時間だった。こうした事情のもとでは、女だけが死と転生の秘密を知り、男からいかなる報いも期待せずに、待つことだけを命じて、ひっそりと涙を流して死んでゆくのは——きわめて自然で、また、どうしようもない運命だったのである。

この、男の意識が目覚める前から男を愛し、死後もなお男を慕い、百合に生まれ変わってまで男に逢いにくる女とは、一体何者なのか。その正体を精確に論じる準備はないが、おおよそ、これだけのことはいえるのではないか。つまり、漱石の意識のなかにはそうした女が常に存在していた——それも普通、理想や憧れという言葉から思い浮かべるような漠たる存在ではなく、ただちに明確な声と容姿を取りうる生身の女として実在していた。そして、折りにふれては、それら女を夢や小説という虚構の現実のなかに甦らせねばならなかった——ある時は年老いた下女として、またある時は小路の入口に佇《たたず》む女として。だとすれば、この「第一夜」は二重の意味で女の転生物語だったのであろう。

転生する女たち──鴻斎・ハーン・漱石再論

夏目漱石『夢十夜』の巻頭を飾る「第一夜」は、ラフカディオ・ハーンの怪談「お貞《てい》の話」を下敷きにして書かれたものではないか。平川祐弘がこう指摘したのは、一九九六年の論文「江戸風怪談から芸術的怪談へ──石川鴻斎・ハーン・漱石」においてである(1)。ハーンから漱石への影響は、二人の経歴からみて、ありそうでいて、なかなか見つからなかったので、この発見は、作品上の影響関係が、漱石とハーン双方の代表作といってもよい傑作の間で、ほぼ確実に立証されたケースとして大きな驚きをもって迎えられた。

今回わたしはこの二作を並べて読み直してみたのだが、その相似にはあらためて驚かされた。どこがどう似ているのか、その詳細については、平川論文に詳述されているので、ここでは繰り返さないが、再度、検討してみたいのは、これほど酷似した設定を自作に用いた漱石の動機というか、心理のほうである。平川はそれをおもに漱石がハーンに抱いた英語教師としてのコンプレックス、あるいはトラウマの克服という、漱石の側の心理的精神的問題として読み解いていて、その心理プロセスのドラマチックな再現と論証が、この論文の大きな魅力のひとつになっている。

ただ、そこから話を突き詰めて、ではなぜ漱石は、数あるハーンの怪談のなかから「お貞の話」を選んだのかとなると、この論文ではまだ十分に解明されていなくて、ここに、この主題を再度、考証する余地があるのではないかと思う。その手はじめとして、まず漱石が「第一夜」の執筆にあたって強く意識していたのは、ハーンその人よりもむしろ、作中のお貞という女ではなかったかと、仮定してみてはどうだろう。つまり、それほど強く漱石は「お貞の話」という作品に引き込まれ、また作中のお貞という女に心惹かれていた。そして、ついには、自分なりの「お貞」の話を書かざるをえなくなってしまったのだ、と考えてみる。

それでは具体的に「お貞の話」のどこが、またお貞という女のどんなところが気に入ったのかとなると、それは単純に、漱石がハーンから借用した部分、つまり双方の話の共通項だと考えればいいだろう。今その共通点の要約を平川論文から引かせていただくと、

男が女の枕元に呼ばれる。病気の女は自分が死ぬということを自覚していて「もう死にます」と冷静に男に告げる。もう覚悟はできているらしい。男が慰めの言葉を掛けると、女はまた逢いに来るから待っていてくれろ、と男に言う。男はうべなうが、女との再会に確信が持てるわけではない。それでも死に行く女の気持を傷つけまいとして「待っている」と約束する。女の両の目は閉じて女は死んだ。……そうして歳月はいつしか過ぎ、希望はもうないかに思わ

れたころ、二人は意想外な再会をとげ、話は終る。[2]

となる。ただ、こうした要約だけ読むと、ほかにも類似した作品が思い浮かんで、影響関係そのものが疑わしく思えるかもしれない。実際、池田美紀子は、転生あるいは死女の恋というモチーフがハーンの周辺にどれくらい流布していたかを精査し、「ハーン・転生・死女の恋――怪談における〈時間〉について」[3]に報告している。その結果は驚くべきもので、ハーン自身の作品にも、またハーンが師と仰いだポーやフランスのロマン派作家にも、また同時代の象徴派の詩人たちにも、このモチーフが広く愛好されていたことがわかる。もちろん「お貞の話」も漱石の「第一夜」も、影響関係についての議論をぬきにして、類話として指摘されている。ただ、ハーンと漱石の間で似ているのはモチーフばかりではない。物語の進行のうえで、女が徹頭徹尾、主導権を握り、強く積極的で、男が終始、か弱く受け身な点、そのキャラクター設定の徹底と再生というモチーフの組合わせの特異さが、ハーンから漱石への影響関係を思わせる一番の理由なのである。

となると、漱石が気に入ったのは、転生というモチーフではなくて、そのモチーフを演じるお貞という女のなんとも不思議な、ある種、異常な性格だったと考えられないだろうか。お貞の異常さというのは、つまり、彼女が病死というよりは自決ではないかと思えるほどきっぱりと自ら進んで死を受け入れる点、そして、相手の能力や事情を顧慮することなく、ほとんど一方的に再生を宣言し、長期にわたる待機を命じる点、そして、最後まで男の意表をつく形で再生をとげ、長尾杏生《きょうせい》の

「健康な」妻になるという約束を果たす点――よき話、美しい物語といい切るにはあまりにもバランスを欠いた、この強烈なお貞の性格に、漱石はなぜか強く心惹かれたようなのである。というのも、漱石は「第一夜」でこのお貞の奇矯さをそっくり受け継いだばかりか、ハーンがその奇矯さの隠蔽のために巧妙に創作した、「結核を病んだ十五歳の少女の純愛」というベールをばっさりと切り捨て、むしろ男を思いやるというか、見下すというか、少なくとも精神的に優位にあるとしか思えない描写を加えることで、より強烈に（そしておそらくは漱石にとっては、より魅力的に）お貞の魔女めいた愛を造形しなおしているからである。わたしは「第一夜」の執筆動機の根本は、そもそもここにあったのではないかと思っている。

平川論文に展開される漱石のハーンへの対抗意識は、この「許嫁《いいなずけ》」のように、漱石が「第一夜」において受け継がなかった点、変更してしまった部分により明確にうかがえるだろう。「お貞の話」と「第一夜」のあまりにも異なる印象を、平川はこうまとめている。

漱石はハーンの『お貞の話』と同じ骨格を用いながら、人間的なハーンの夢物語とは全く次元を異にする、非人情の世界の夢物語をものの見事に起承転結させた。その世界は一見非人情ではあるが、フロイト風に分析するなら、百合の青い茎といい、冷たい露といい、白い花瓣との接吻といい、セクシュアリティーに満ち満ちている。――末子として生れ、早く里子に出された漱石は、その不幸な幼児体験の故に、一面では深く永遠の愛情を求めながら、反面、現世で女の人を愛することの出来がたい人だったのではあるまいか。[4]

「人間的なハーンの夢物語」を「非人情の世界」に移行させるために、漱石がまず排除したのは、登場人物の社会的な関係であった。第一に、許嫁という関係、つづいて、お貞亡きあとの長尾杏生の結婚と子供の誕生、杏生の父母の死、妻子との死別、そして結末のお貞との再婚。ハーンの物語において、時間は、婚姻と家族の誕生・死によって刻まれている。漱石はこれを完全に消去してしまった。ここに注目すれば、これは、ある種の脱ファミリー・ロマンス化であったともいえる。

漱石が明治というファミリー・ロマンス全盛期にあって、いかに特異な立場をとっていたかについて、小森陽一は「漱石の小説は、「家」や家族を支えている性的役割分担を、ことごとく懐疑するアンチ・ファミリー・ロマンスであった[5]」とまとめたうえで、

自己とは、他者との関係性の中でゆらぎつづける変数でしかない。自己と他者との関係を安定させる装置であったはずの親子・兄弟・肉親・親類といったあらゆる項が変動してしまうのである。『彼岸過迄』以後、漱石の小説の主人公たちにとって、変動しつづける関係性を生きることが常態となっていく。[6]

と述べている。この言い回しを借りれば、「第一夜」では、作中ただひとつの人間関係である男と

女の間柄さえ、性的役割や家族制度から解放されていて、互いの言葉と行為によってゆらぐ変数として描かれている。「第一夜」にあって唯一、有効に働いている安定装置は「こんな夢を見た」ではじまる夢物語という設定と、「真珠貝」「星の破片」「百年」などの、ことさらに現実性を否定してみせる小道具の類である。

一方、ハーンにとってファミリー・ロマンスは、文学においても、実人生においても、彼の究極の目的だったといえる。すなわち彼は、人生においては、西洋で喪失したファミリーを東洋で取り戻し、文学においては幽霊でもって家族の愛と絆を、通常の小説ではありえない視点と声でさまざまに物語ることに成功した。そのファミリー・ロマンス化された怪談から、性と家族をばっさりと取り除き、隠されていたお貞の魔女性をあざやかに再生させた漱石のハーンを視るまなざしは、羨望と軽蔑の入り交じった複雑なものだったのではなかろうか。

漱石が鋭く見抜いたように、お貞の本性は、貞女ではなく、魔女である。「お貞の話」は、説話の血統からいえば、約束を破られた女が祟る話で、ハーンの原拠となった鴻斎の、その先にあった原話がどのような形であったのかわからないので、あくまで推測になるけれども、それは、たとえばハーンの「破られた約束」などと同型の、かなり怖い怨霊譚だった可能性さえある。そうした祟る遊女を、子のない家に子宝をもたらす貞女、いや、宗教的な聖女の物語にかえてしまったのは、石川鴻斎だったようにわたしには思える。ハーンはそのあまりにも強烈な儒教臭と非西洋性に辟易しながらも、聖なる魔女お貞に魅了され、鴻斎に負けず劣らず強引な手法で、鴻斎の語る「家《イエ》」のロマンスを、「恋愛《ラブ》」と「家庭《ファミリー》」のロマンスに書き換えてしまった。こう考えてみると、鴻斎はこの怨霊譚を近代西洋のハーンにつなげ、結果として、現代日本の漱石の世界につないだ点で、決定的な役割をはたしていた。

一九九六年の平川論文以降、その研究と評価がもっとも大きく前進したのは、漱石でもハーンでもなくて、石川鴻斎だった。「お貞の話」の原話となった「怨魂借体」を収めた鴻斎の『夜窓鬼談』は漢文で記されていたから、近世近代の漢文小説を扱う国文学研究者以外には知られることがほとんどなかった。しかし、二〇〇三年になって、現代日本語訳が出版され[7]、つづいて二〇〇五年には、ロバート・キャンベル校注による読み下し文が岩波の新日本古典文学大系に収録され[8]、ここ数年でにわかに一般読者の注目を浴びるようになった。また同じくキャンベルの考証により、かつてほとんどわからなかった鴻斎の経歴もかなり明らかになってきた[9]。こうして鴻斎を再評価する土壌は充分整ったのだが、この「怨魂借体」についていえば、再評価はあまり進んでいないように思える。

たとえばハーン研究者のおおかたは、依然として鴻斎の作品をハーンの拾い上げた落ち穂としか見ていないし、また急速に数を増やした一般読者の反応にしても、この作品についてはあまりよくないのではないか。というのも、わたしは何度かこの三つの作品を並べて教室で読んでみたが、鴻斎の作品への反応はよくない。とりわけ女性からの反応がほとんど拒絶といってよいほど悪い。理由ははっきりしている。

自分の耳が聞こえなくなったのは二十数年前に捨てた芸者の祟りだと知った医師の長尾杏生は、

お貞の霊をまつり、罪を謝し、こんな手紙を書く。

余、盟に負《そむ》くは已むことを得ざるを以てなり。卿《あなた》、若《も》し尚《な》ほ余を慕ふこと有らば、願はくは再生して盟を尋《き》け。然れども余、年老へ気衰ふ。或いは魂を容貌卿に肖《に》たる者に憑託せよ。今世復た前縁を果たすこと有らん。我、今子無し。幸ひに妾と為ることを得て、一子を生まば、我の願ひも亦足れり(10)

少し意地悪かもしれないが、前後の文脈を補った意訳を添えれば、「わたしが約束を破ったのにもやむをえない事情があったのだから許してほしい。それでもまだあなたがわたしを慕っているなら、この世にもう一度、生まれ変わって、あなたに誠を尽くすというわたしの誓いが偽りでないことを、確かめにきてほしい。といってもわたしはもう老人だから、赤ん坊に生まれ変わってこられても困る。できれば容貌があなたにそっくりな若い女性に取り憑いて再生してほしい。そうすれば、またきっと結ばれることになるだろう。実はわたしには子供がなくて、妻がいる。だから妾となって、跡取りとなる男の子を産んでくれたら、これほどうれしいことはない」となる。

この一節だけでも現代の読者から拒絶されるのには十分だが、この後がさらにいけない。杏生の誘いどおり若い女に生まれ変わったお貞を杏生は別宅にすまわせると、やがて男の子が生まれる。杏生の妻はこの子を我が子のように可愛がり、お貞を妹のように愛する。やがて妻は病で死ぬ。死に臨んでお貞を正妻にめとるように、ほかの女を妻に迎えてはいけないと遺言する。これによりお貞は杏生に捨てられこの世を去ったのと同じ二十五歳で杏生の妻となった。

杏生にとって、そして長尾家にとってこれ以上はないハッピーエンドだが、ここまで男だけに、あるいは家にとって都合のよい出来事ばかりを並べ立てられると、これはそもそも怨霊話などではなく、怪談を黄表紙風に逆立ちさせたパロディではないかとさえ思えてくる。ただし、鴻斎はそうした江戸文人の狭いが安定した機知と洒落の世界からはほど遠い時代と世界に暮らしていた。

ここであらためて鴻斎の時代について注意しておくと、鴻斎の生年は一八三三年、ハーンはその十七年後に生まれ、漱石はさらにその十七年後に生まれている。それぞれほぼ一世代の差がある。文筆活動の最盛期で見ればその差は少し縮まりほぼ十年差、鴻斎は明治十年代、ハーンが明治二十年代から三十年代、漱石は明治三十年代から大正時代ということになる。ただ、没年では鴻斎はひとり長生きし、一九一六年に亡くなっている。いずれにせよ鴻斎の世界は、漢文小説というイメージから連想されるよりは遙かにハーン、漱石に近接していて、鴻斎もまた紛れもなく明治の作家なのである。

ロバート・キャンベルは『夜窓鬼談』について、同時代の漢文小説よりは明治の新小説に一歩踏み込んだ作品として、こう述べている。

潤沢かつ大きな挿絵が綴じ目で切れずに左右繋がったかたちで見開きのできる、堂々とした装幀と書型、文中ふんだんにさし挟まれる漢詩、絵画と画家をテーマに仕立てた芸術談論、入り組んだ長物語と簡潔なエピソードを小気味よく交互に配する構成など、かりそめに書き流す(読み流す)かに見せる体の戯作的小説と明らかに趣が違う。版面を見ても分かるように、過剰なほどに送り仮名を振り……語意を左訓で補いながら、文章自体を訓点と傍訓に仕向けられるままに、読者は一気に読み下し、あるいは朗々と読み上げることができる。……漢文読解力の十分育っていない若者を、読者に取り込めるように配慮した本文作りであり、逆にいえば漢文にしては解釈条件の画一的、単音声的なテクストを提供する、ということを意味する。(11)

鴻斎の近代性をさらに明快に示すのは、彼が明治十年代に清の初代駐日公使団と交際していたという事実だろう。その親密な交際のありさまは、張偉雄の労作に詳しいが(12)、鴻斎は公使団の一員であった黄遵憲から日本の歴史・文化の資料の翻訳や解説を依頼され、その成果は『日本国志』や『日本雑事詩』に結実している。ハーンや漱石とはちがう方面ではあるが、鴻斎もまた明治の刻印である異文化接触の現場を生きていたのである。それ以前の鴻斎はおおむね、漢学者として中国古典を日本の少年に教える立場にたっていたから、これは活動の方向として日本の文化を清に伝えるという逆の方向になり、この体験は『夜窓鬼談』の執筆の背景、たとえば、なぜ「怨魂借体」のような怨霊話を徹底的に儒教化して漢文で書かねばならなかったのかという動機を考えるさいにも重要になるだろう。

鴻斎をはじめとする日本の文人たちは、清朝の公使団との日常的な交遊をもっぱら漢文での筆談によっておこない、少しも不自由を感じなかったらしい。齋藤希史は、こうした漢語文語文が通用する場を「清末＝明治の文学圏[13]」と呼び、そこで相互に影響し合いながら形成された国民国家意識について論じている。鴻斎はこの国民国家意識にはあまり関わらなかったが、それでもやはりこの「清末＝明治の文学圏」に生きて活躍した作家の一人だった。

　こうした新しい研究成果を背後において鴻斎の「怨魂借体」を眺め直してみると、これはやはり時代遅れの戯作文ではなくて、「清末＝明治の文学圏」に向かってなされた翻訳・翻案小説という側面が強く浮きあがってくる。だとすれば、鴻斎の鬼談収集・再話の作業は、その作業の性質としては、ハーンの怪談収集・再話の作業とそう大きく異なるものではなかったということになる。ハーンの再話文学が、日本をある程度、学問的に客観的に説明しようとする彼の文化論的エッセーとは異なり、あくまで彼個人の芸術的ヴィジョンの追求だったがゆえに、徹底的な西洋の文学・美学・倫理の支配下に置かれていたように、鴻斎の「怨魂借体」もまた、徹底的な儒教倫理と美学の支配下に置かれていた。

　長尾杏生は美男で快活、諧謔をよくし、鬱を病んだお貞を、その容姿と気性でたちまち治してしまう名医であっただけでなく、なによりも親への忠孝にぬきんでた人であった。そもそも将来を約束したお貞を捨てて江戸に旅だってしまうのは、杏生の遊蕩に怒った父親の厳命があったからである。祟るお貞に向かい杏生が「余、盟に負くは已むことを得ざるを以てなり」と胸を張ってみせるのは、杏生にとって（そして鴻斎にとって）父の命と女との盟のどちらをとるかなど、はじめから問題にならなかったからである。その杏生が五年を経て郷里に帰り妻を娶るのも、父のため、その家を義弟に譲り、ふたたび江戸に出るのも、我が子に家を継がせたいという義母の密かな思いをくみ取ってのこと(14)。怨霊となったお貞が、杏生が四十を過ぎるまでなかなか祟れなかったのも、占い師がいうとおり「君は盛徳之人。怨鬼近づくことを得」なかったため、家と父母への忠孝はかくも尊く、色恋の地位はかくまで低かった。したがって、お貞の霊に向かい、若い女に憑依して、妾となって、わたしの子を産んでくれと誘ったのも、欲ではなく徳であった。この道徳体系のなかでは、妾を厭わず再生し、男子を産んだお貞の徳もまた高く、その子を養い、お貞を正妻に迎えるように遺言した妻もまた「盛徳之人」であったが、これら女性たちの徳行の大本にあるのは、怨霊を妾に迎えようという、杏生の思い切った解怨《かいえん》の策であるから、つまるところ、すべては杏生の徳に由来するのである。

そもそもこの杏生という不思議な名前は、ロバート・キャンベルによれば、医学の美称「杏林」から来ているので、杏生は名実ともに病と不全をなおす医師であり、同じくアレゴリカルな名をもつお貞を妾に迎えることで、その怨みを解き、子をなすことで、子のない妻の罪と憂いを消し、家という父母から受け継ぐ血脈を断絶から救ったのである。もはや作者鴻斎の意図は明らかだろう。

まず、第一に鴻斎は「予約出版で積み立てして買った『佩文韻府』を引きひき、同じく予約して買ったかもしれない書き下ろしの怪談小説を味読(15)」する当時の青少年たち(16)を念頭において、「人の好むところを捉えた上で正しい路に導こうと考えた」[17]。そして第二に、自分の周囲にあった土俗的でローカルな幽霊話に儒教と漢文という普遍的な衣装をまとわせ、大きく東アジア世界にはばたかせようとした。鴻斎のねらいは、肝心要の儒教と漢文が急速に普遍性を喪失するなか、うまく当たらなかったのかもしれない。しかし、怨霊となった遊女の愛と貞節が家を再生するという、鴻斎のファナティックとも思える宗教的ヴィジョンは、一人の英語圏の作家の心を強くとらえることになった。そしてお貞は思いもかけない形で英語世界に再生をとげる。

ハーンの怪談「雪女」を論じながら、平川が『小泉八雲　西洋脱出の夢』で、そして後に牧野陽子が「「雪女」――世紀末〈宿命の女〉の変容」において指摘しているように[18]、本来、主人公の男性を不幸に陥れることが多い、ヨーロッパ文学の宿命の女「ファム・ファタール」という類型を、ハーンは、夫婦と家庭に幸福をもたらす異界の、あるいは、異類の女として描くことが多かった。「雪女」はその典型で、お雪は夫にも姑にもよくつかえ、よき母であり、最後に夫に向かって、よき父であれと命じて去ってゆく。それではハーンの描くお貞もまたお雪と同じタイプの「ファム・ファタール」なのであろうか。お雪が「ファム・ファタール」である所以は、嵐の晩に巳之吉の目の前で人を殺し、そのことをしゃべるなと命じたからである。つまり「殺人」と「禁忌（懲罰）」であるが、これは「お貞の話」にも存在するのだろうか。

鴻斎の「怨魂借体」は怨霊譚であるから、「禁忌（懲罰）」は、破約と祟りという形で明瞭に存在していた。しかしハーンの「お貞の話」になると、怨霊が祟る話ではなく、愛の力で女が再生をはたすというラブ・ロマンスに書き改められているので、破約と祟りは消えているようにも読める。しかし、それでは、このセリフはなんのために書かれているのだろうか。

"So you would have to wait. Fifteen—sixteen years: that is a long time.... But, my promised husband, you are now only nineteen years old."(19)

言葉は優しくやわらかだが、たしかに、お貞は杏生に待つことを命じ、ほかの女との結婚を禁じていた。それに対して、杏生もまた、

"To wait for you, my betrothed, were no less a joy than a duty. We are pledged to each other for the time of seven existences."(20)

と約束していたのである。しかし、杏生は親のすすめるままに、別の女と結婚し、子供までもうけてしまう。それは世俗に生き、愛を信じることを許されない男にとって仕方がないことだと、ハーンの筆遣いは表面上あくまで同情的である。しかし禁忌は破られた。そこに恐ろしい罰が下るのは、物語世界の必然である。

During those years many misfortunes came upon him. He lost his parents by death—then his wife and his only child. So that he found himself alone in the world.[21]

そもそもお貞の死は、たんなる病死というよりは、このような弱い体ではなく、生まれ変わった健康な肉体で杏生と結ばれたいという、自死とも思える決然たる死の受容によるものだった。

With this frail body, I could not be a good wife; and therefore even to wish to live, for your sake, would be a very selfish wish. I am quite resigned to die. . .[22]

そうした異常な死に臨んでの約束を、杏生は、軽い気持ちで聞き流すべきではなかった。再生が命をかけた約束である以上、待機もまた命をかけた約束でなくてはならない。杏生の破約は、したがって、罰せられても仕方のないものなのだが、いかに説話世界の約束とはいえ、ここまで厳しいものにする必要があったのであろうか。「お貞の話」では、杏生の結婚に関わったすべての者が、彼の両親、妻、そして、たった一人の子供さえもが、次々と死んでいるのである。まるで、再生するお貞の結婚の妨げとなるものはなにひとつ生存を許されないとでもいうように。

「お貞の話」は二つの声の物語である。ひとつは明るく強い声で語られるラブ・ロマンス。お互いを思い続けたがゆえに、死を乗り越えて結ばれた許嫁たちの幸せな婚姻の物語。今ひとつは低いひそやかな声で語られる受難の物語。お貞の再生を祝福するため、名前も与えられないまま、消し去られた「後妻」と子供の物語。この低音部に耳を澄ませたとき、お貞は、お雪よりも遙かに恐ろしい魔女に変身し、「お貞の話」は「ヘルンの怪談中最もものすごきもの[23]」と評された「破られた約束」よりも遙かに「ものすごき」「前妻」の「後妻」への復讐譚に変貌する。[24]

しかし、ハーンのお貞は、その性格と本質において、「怨魂借体」のお貞からそれほど大きく変わったわけではない。むしろ、徹底的に変えられてしまったのは、長尾杏生のほうである。かつては怨霊の祟りさえも寄せつけなかった「盛徳之人」、自分に祟る怨霊に子を産ませるという奇策で、長尾家の断絶を救った智者が、自分の父母と妻子まで失くしながら、その理由にさえ心づかない愚者に変身している（そういえば、「雪女」の巳之吉も、命をとられそうになった雪女と自分の女房の類似に気づかない愚か者だった）。だとすれば、ハーンが書きたかったのは、お貞の異常な愛情だけではなくて、その異常な愛に魅入られ、翻弄されるあわれな男の運命、天国から地獄へ、地獄から天国へと引きずりまわされる凡夫の喜びと悲しみだったのかもしれない。

「遠い冥土から戻ってきた娘のために、泡沫の命を棄てられない……こんな人は、武士でないです。お露さんに首を締められて、殺されても、仕様のない人です[25]」

これは「宿世の恋」で色男の新三郎の情けない最後を評した作者ハーンの言葉だが、実は、こうした男こそがハーンの好みだった。愛において、無知・愚かで、か弱く不器用、卑怯卑劣な男たちを、教え導き、叱咤激励し、ときには、厳しく罰し痛めつけるのは、ほとんど常に女の役割だった。そうした女は、ハーンのフィクションにおいては、異界からの、あるいは異類の女として描かれるのが普通だったが、実際の事件や実在の女性をモデルにした作品、たとえば「勇子」「君子」「赤い婚礼」といった没落士族の娘たちを描く作品においても、ハーンの好みは、明らかに男以上に激越な行動をとるタイプの女性に向けられていた(26)。

こうしたハーンの傾向について、西成彦は、嘴《くちばし》で我が身を引き裂き、愛の尊さに思い至らない猟師を糾弾する「おしどり」を例にひきながら、ハーンの多くの作品に存在する二重のマゾヒズムに注意をうながしている。

- 自己犠牲を演じてまで教育的であろうとする女たちの、無私とも自暴自棄とも言える演劇的なマゾヒズム。
- このマゾヒズムに釣りこまれるようにして改心する男たちの道徳的であると同時に性愛的なマゾヒズム(27)。

この男女間の双方向的なマゾヒズムは、「お貞の話」には「おしどり」ほど的確に当てはまらないかもしれないが、それでもお貞の側にはたしかに「自己犠牲を演じてまで教育的であろうとする女たちの、無私とも自暴自棄とも言える演劇的なマゾヒズム」が指摘できるし、また、お貞から十五、六年もの待機を命じられ、次々と肉親を失うはめに陥る杏生の性格にも、そうした命令と懲罰を喜んで受け入れる別種のマゾヒズムが認められるだろう。

今ここで「お貞の話」に潜むマゾヒズムについて注意したのは、それが漱石の「第一夜」においては、許嫁という家族・社会関係が取り払われて、純然たる「命令」と「服従」の関係として現われるからである。その異常な命令と服従ぶりは、「第一夜」を英訳で読むと、さらにはっきりする。

"If I die, please *bury* me yourself. *Dig* the grave with a large pearl oyster shell. *Put* a fragment of a fallen star on my grave as a tombstone. Then *wait* for me there. By and by I will come to see you."

I asked her when.

"The sun rises. And the sun sets. And the sun rises and sets... When the red sun rises in the east and sets in the west, then I will... Will you wait for me?"

I nodded. Her voice became louder and she said with decision, "*Wait* for me for a hundred years. *Sit* at my graveside and *wait* for me one hundred years and I will surely come to see you."[28]（イタリック体は引用者による）

「百年、私の墓の傍に坐つて待つてゐて下さい」と命じ、死んでみせる女と、「只待つてゐる」としか答えない男の間には、「お貞の話」や「おしどり」以上に「女たちの自暴自棄で演劇的なマゾヒズム」と「男たちの官能的でかつ道徳的なマゾヒズム」[30]が認められ、モチーフやストーリーの類似以上に、「お貞の話」と「第一夜」の本質的同一性を物語っている。

この漱石の「第一夜」の冒頭にみられる男女のかみ合わない会話は、数多くの論文の主題となっているが、かつて、わたしもひとつの解釈を提案したことがある。

「もう死にます」「さうかね、もう死ぬのかね」で始まる対話に初めから「生死を超えた愛」や「一心同体」的な感情を見出すことは難しい。むしろこう考えた方が自然ではないか――女は初めから男を知り愛していたのに対し、男の方は女を知らず愛してもいなかったのだ、と。[31]

そして、この不思議な女の正体については、とりあえず、こうまとめておいた。

この、男の意識が目覚める前から男を愛し、死後もなお男を慕い、百合に生まれ変わってまで男に逢いにくる女とは、一体何者なのか。その正体を精確に論じる準備は今はないが、おおよそ、これだけのことはいえるのではないか。つまり、漱石の意識の中にはそうした女が常に存在していた――それも普通、理想や憧れという言葉から思い浮かべるような漠たる存在ではなく、ただちに明確な声と容姿を取りうる生身の女として実在していた。そして、折りにふれては、それら女を夢や小説という虚構の現実の中に甦らせねばならなかった——ある時は年老いた下女として、またある時は小路の入口に佇む女として(32)。

あるいは、「第一夜」は、漱石がハーンを意識しながら書いたというよりは、ある日突然、この脳裏に棲む女がお貞を演じだし、とまどう漱石に向かい「もう死にます」と声をかけてきたのかもしれない。これは「第一夜」冒頭の男女の意識の不思議な「ずれ」を説明するための、ただの勝手な空想だけれども、漱石がこの種の女を書くのは初めてではなかった。「第一夜」を書く二年前、漱石は『坊っちゃん』にこの女を登場させていたのである。

清という下女は自分の子供でも孫でもない坊っちゃんに愛情をそそがなくてはならないほど孤独な女だった。坊っちゃんは、そうした清の、ほとんど妄想といえるほどの一方的な愛情を初めは「少々気味がわる」く思っていたが、やがてはその愛情だけを頼りに生きていかなければならないほど、彼もまた社会から孤立した人間だった。すなわち、この二人の愛情関係は、親子や奉公といった社会・家族関係に基づくものではなく、また、成熟した男女の恋愛・性愛によるのでもない、主観的心理的孤独から生じたきわめて異例の、しかし、それだけに純粋で強固な関係だった。

「第一夜」の女もまた、死にますといわれ「さうかね、もう死ぬのかね」と答える情愛の薄い男、日が東から昇り、西に沈むことも知らない、子供のような男に、埋葬を頼み、再会を約束させるほど、孤独な女だった。男もまた、女の言葉だけを頼りに百年待たなければならないほど孤独な人間だった。なぜなら、この夢のなかの世界にはこの二人だけしか存在していないからである。二人の愛情は、そうした絶対的な孤独のなかで芽生え、百年の間に育まれた、きわめて異例の、しかしそれだけに純粋で強固な関係だった。

死ぬ前日おれを呼んで坊っちゃん後生だから清が死んだら、坊っちゃんの御寺へ埋めて下さい。御墓のなかで坊っちゃんの来るのを楽しみに待つて居りますと云つた。(『坊っちゃん』[33])

「死んだら、埋めて下さい。大きな真珠貝で穴を掘つて。さうして天から落ちて来る星の破片を墓標に置いて下さい。さうして墓の傍に待つてゐて下さい。また逢ひに来ますから」
(「第一夜」[34])

一方はラファエル前派風の妖艶な(とは書かれていないけれど)美女、他方は年老いた下女、一方は一夜の夢を語るショート・ショート、他方は、明治を代表する中編風刺小説、両者の外観・形式的な隔たりは大きいが、暗黒の外界や、虚偽と奸計に満ちた俗界に背を向けて、ひっそりと身を寄せ合う男女にそそがれる視線のなんと似かよっていることだろう。

「お貞の話」から「第一夜」を眺めたとき、共通項として大きく浮かびあがってきたのは、女と男の双方のマゾヒズムであった。しかし今ここで『坊っちゃん』のほうから「お貞の話」を振り返ってみると、そこに浮かびあがってくるのは、マゾヒズムというよりは、絶対的な愛への憧憬、おそらくは現実の母親によっては満たされなかった母性的な愛への渇望のほうだろう。[35]よく知られている谷崎潤一郎の例をひくまでもなく、マゾヒズムと母性崇拝には同じ性愛の表裏二面のようなところがあるから、これは別に驚くことではないが、それにしても、もともとの鴻斎の「怨魂借体」が父と家の物語であったことを考えると、ハーンと漱石の物語における父親の不在もまた顕著な共通点で、鴻斎とハーンよりも、ハーンと漱石のほうが遙かに近似して見える原因ともなっている。[36]漱石の『夢十夜』と、ハーンの『怪談』の影響力の大きさを考えると、お貞はさらにこの後もわたしたちの気づかない形で転生を繰り返している可能性があるけれども、その一方で、杏生のような正統的悪魔祓いのヒーローは、大衆文学の世界を除き、近代日本文学ではあまり華やかな活躍の場を与えられてはいないように思え、それはまた一面でたいへん残念で惜しい気もするのである。

第三部　仲裁者ハーン

小泉八雲と武士の娘たち――「おしどり」を読む

個人的な話からはじめて恐縮だが、以前、ある女子大学のゼミの授業で、ハーンの「おしどり」を取り上げたことがある。『古今著聞集』に載る原話と比較しながら、ハーンの再話が短編小説としていかに優れているかを説明した後、ふと不安になって、学生たちに率直にいって原話と再話のどちらが好きかと尋ねてみた。十人ほどいた学生たちは、気まずそうに微笑みながら全員がそろって原話のほうに手を挙げた。わたしはかなり落胆もしたけれど、反面、やはりなと妙に納得する気持ちもあった。というのもわたし自身、ハーンの再話の優れた文学性を認めながらも、その結末には、なにか腑に落ちない違和感のようなものを感じていたからである。

「おしどり」は『怪談』に載る、英文でわずか五百語ほどの掌編で、こんな物語である。

昔、陸奥の国に、鷹匠で猟師の尊允《そんじょう》というものがあった。ある日、赤沼でつがいのおしどりがいるのをみて、悪いこととは知りながら、雄鳥のほうを矢で射殺し、食べてしまう。その夜、尊允はおそろしい夢を見る。ひとりの美しい女があらわれ、激しく泣きながら、なぜ自分の夫を殺したのだと責め、こんな歌をよむのである。

日暮るれば
さそひしものを
赤沼の
真菰《まこも》がくれの
ひとり寝ぞ憂き

そして明日、赤沼へくれば、自分がどれほどひどいことをしたか、わかるだろう言い残し、姿を消してしまう。尊允はいわれたとおり、赤沼へいくと、昨日見た、おしどりの雌のほうが、泳いでいる。そして尊允を見つけると、じっと眼をすえたまま、まっすぐ彼のほうに近づき、自分の嘴《くちばし》で我が身を突き裂き、命を絶ってしまう。

尊允は髪をそって僧になる。

今ここで原話と再話を詳細に引き比べてゆくつもりはないが、両者の最大の違いが、雌鳥の最後の描かれ方にあるのは間違いない。原話では、あハれにふしぎに思ふほどに中一日ありて後えがらを見ければえぶくろにをしの妻《め》とりのはらをおのがはしにてつきつらぬきて死にて有けり(1)。

とある。つまり、雄鳥の死骸のかたわらに、いつの間にか、雌鳥が忍び込んできていて、そこで自殺していることに、中一日おいて気づいた、というのである。それに対して、ハーンの再話では、

だが逃げるどころか、雌鳥はまっすぐ男めがけて泳いで来る。奇妙なじっと据った眼付で尊允を見詰めたままである。と、突然、雌鳥は己れの嘴でわれとわが腹を引き裂いたかと見る間に、猟師の目の前で死んだ(2)。

となっている。こちらでは、雌鳥が自殺する様が、猟師の目の前で起きた出来事として、直接、描かれているのである。

この結末の違いについて、これまでの「おしどり」論のなかでは、近代的な短編小説として読む限り、ハーンの再話のほうが圧倒的に優れているというのが、ほぼ定説になっている。ただ、その論拠の一部に、ハーンの描く雌鳥のほうが、より西洋的で、より人間的だからとある点について、平川祐弘は、こんな苦言を呈している。

〈原話と再話の〉出来映えについての評価は、昭和九年の鈴木敏也教授（『近代国文学素描』）以来、ハーンの再話を良しとするのが一般で今日に至っている。芸術作品として考えるなら、終局に向って加速度的に緊張感が増すあたり、再話の方が格段に秀れているのは森亮教授が指摘される通りであろう（『小泉八雲の文学』）。しかし問題を夫婦愛に限定して作中に描かれた女性像に焦点を絞って考えると、どのような批評が出来るだろうか。従来この再話について言われてきたことは、ハーンは女を西洋化したことによってより人間化したという鈴木氏以来の説であった。西洋的すなわち人間的という価値判断が支配的な限り、ハーンの背後にいた小泉節子の影は薄れてしまうに違いない[3]。

平川は、さらにつづけて、この雌鳥の最後の描かれ方に、フロベールの「聖ジュリアン」からの影響が顕著なことを指摘し、しかし、ハーンの「おしどり」は、物語のたんなる西洋化にはおわっていないと主張する。

だが『古今著聞集』の説話は、「聖ジュリアン」の影に惹かれたために、〈原話をハーンに語ってきかせた〉節子が思いもしない方向へ話が逸れてしまっていただろうか。私は必ずしもそうとは思わない。西大久保の家で節子が主観的な解釈を通して、実感をこめて鎌倉時代の説話を語って聞かせた時、年よりも早く老いて髪の毛がもう白くなっていたハーンは、半眼を閉じながら、その妻どりの訴える声に、節子の自分に対する強く切ない愛情を感じたはずである。ハーンは自分の死期がすでに遠くないことを予感していた。またそれだけに妻《め》どりの訴えはいかにも切実にハーンの心に響いたはずである。(4)

すなわち、雌鳥の声高な糾弾と猟師の目の前での自殺は、より強烈なキャラクターと、より劇的なアクションという、西洋近代小説からの要請とは別に、セツの語り聞かせと、その解釈の場で、つまり、ハーンが夫を奪われた雌鳥の怒りと悲しみに、セツの面影を投影したことにも由来しているというのである。

わたしは、ハーンの再話文学におけるセツの役割の大きさと、二人のあいだの親密で濃厚な感情の共有についての、この指摘は、まったく正しいと思う。しかし、それではなぜ、この夫婦の共同作業に由来する結末が、わたしや学生たち、つまり現代日本の平均的な読者に、原話のほうがよいとまで思わせる強い違和感を抱かせるのだろうか。この疑問はこれまでの「おしどり」論では、まだ十分に解明されていない。わたしはここに文学的なジャンルの変更と、セツの出自という二点について、注意をうながし、以下に、ささやかな補注を書いておきたい。

『古今著聞集』の原話は、典型的な仏教説話である。したがって殺生戒を犯した猟師がおのれの罪を悟って出家するのが物語の眼目であって、その罪をどのような形で悟るかは、説話としては、あまり重要ではない。つまり、雌鳥は、猟師がおのれの罪の大きさを悟るきっかけとなるような、なにか異常な行為、あるいは異常な最後を遂げればいいのであって、それが具体的には、どのような行為、死に方であってもかまわない。なぜなら仏教説話において、そうした異類の超自然的な行為や結末は、異類自身の意思と行動としてではなく、人々を悟りに導くための方便、譬喩として、夢幻《ゆめまぼろし》のように描かれ、また、そのようなものとして、読まれ、解釈されてきたからである。

実際、『古今著聞集』の異本には「えぶくろに、をしの妻どりの、はしをのがはしにくひかはして、しにてありけり(5)」つまり、雌鳥が、餌袋《えぶくろ》のなかの雄鳥の遺骸と嘴を喰い交わして死んでいたという、ハーンの用いた原話とは別の形が存在するが、物語の趣旨は少しも損なわれていないばかりか、むしろ、こちらのほうが発心の機縁としても、夫婦の情愛の物語としても、一段と夢幻めいて、美しく味わいが深いようにも思える。また、この物語は、『古今著聞集』以外にも、『今昔物語集』『沙石集』などの説話集や、各地の水辺の口碑・伝説としても、さまざまな形で流布しているが、基本的にはどのようなヴァリエーションであっても、この仏教説話としての基本的な枠組みと性質は守られ、保存されている(6)。

ところが、ハーンは発心物語の一節としてはさほど重要でない「はらをおのがはしにてつきつらぬきて死にて有けり」という原話の一節に強烈に惹かれてしまい、これを猟師の目前で実際に起きた、雌鳥の自発的行為の、客観的な、直接描写に変えてしまった。雌鳥の死は、仏教の教えのための譬喩、幻ではなく、実際におきた、現実の出来事になってしまった。その結果、この物語は、われわれが長く親しんできた仏教説話としての伝統的なジャンルからは、おおきく逸脱することになった。この雌鳥の劇的な行動は、仏教的発心の機縁としては、明らかに過剰で、不釣合いなのである。

わたしたちが感じる違和感の第一は、このジャンルの変更によるもので、これを仏教説話として読み始めた読者は、最後の最後で、これが仏教説話ではないことに気づき、これは何についての、どういうジャンルの読み物なのかと、感動するより先に、まず、当惑し、混乱してしまうのである。そして次にわたしたちは、これを近代的な短編小説として、読み直しをはかり、再構築を試みるが、そうしてみても、違和感はしつこく残り続けるのである。その原因は、一言でいえば、リアリティーの欠如だろう。雌鳥がなぜ自分の意思で、自発的行為として、猟師の目の前で、自分の嘴で自分の腹を突き刺すという異常な行動を思いたったのか。また、彼女になぜそのような行動が可能で、それにより何を期待していたのか、近代的読者には、どうにも納得がいかないのである。

「おしどり」を宗教説話としてではなく、ひとりの人格が自発的意思と行動によりおこした事件の物語として読み直したときに生じてくる、それらの疑問に、ハーンははじめから答えようとしていない。リアリズムを基調とする近代小説にあっては、作中に生じた、不可思議な現象と異常な行動については、なんらかの説明が必要なはずなのに、ハーンがこの点に気遣いをした形跡はどこにも見当たらない。つまり、ハーンは仏教説話としての枠組みを壊しながらも、これを新たに近代小説の枠組みで完全に語り直すことをせずに、「ニッポンのカイダン」という虚構の枠組みに封じ込めてしまっている。「おしどり」という、五百語に満たない、単純な掌編は、実のところ、傑作とも失敗作とも決めつけられない、二つの文化と二つの伝統的ジャンルの境界線上にある、かなりやっかいな難物なのである。

繰り返すが、物語が仏教説話の枠内にとどまっているかぎりは、不可思議な、あるいは不自然な出来事に、説明は必要ない。雌鳥が猟師の夢枕にあらわれるのも、餌袋のなかでひっそりと死んでいるのも、仏教の教えを伝えるための譬喩であり、方便であるからだ。「おしどり」のモデルと指摘される「聖ジュリアン」も、この宗教説話としての大切な枠組みは忠実に守り伝えている。したがって、額《ひたい》の真ん中を矢で射抜かれた牡鹿が、死にもせず倒れもせずにジュリアンを見すえたまま、遠い教会の鐘の音とともに、族長か裁判官のように厳かな口調で「咀《のろ》はれておれ。咀はれておれ。咀はれておれ。飽く事を知らぬ奴。いつかは父と母とを手に掛けて殺すであらう(7)」と三度くり返しても、そこにあるのは、天の、神の怒りと呪いであって、不自然な、説明を要するところは少しもない。

しかしハーンの雌鳥は、仏教の教えを代弁するために、わが身を引き裂いたのではない。わが心の中の、わが意思に従って、罪のない夫を殺害された非道を訴え、猟師に復讐するために、わが身を引き裂いたのである。雌鳥の声は、あくまで彼女の声であり、その嘴は武士の刀のように、あくまで彼女の意思のもとに、自分の腹と体を引き裂いたのである。なるほど、その末尾には猟師の出家を伝える一行が付け加えられているが、それはむしろ、仏教の勝利を物語るというよりは、あくまで雌鳥「個人」の意図の成功を告げる言葉、さらにはこの物語の語り手が、雌鳥の仇討ちの成功を讃えて書き添えた、鎮魂と慰霊の言葉のように読める。

それではこの宗教の力を借りず、宗教の代弁者でもなく、あくまで自分の意思と嘴によって、あざやかに自死と復讐をとげる「雌鳥」とは、一体何者なのか？(8) わたしが、そして、あのとき教室にいた学生の多くが当惑したのは、この点、つまり、近代小説として徹底的に人間化されたはずの雌鳥が、その山場において、人間離れした意思と行動力を示す点なのである。しかも、その激烈な行為を、ハーンはあたかも自明のことのように、なんの注記も説明も加えずに、描いている。「おしどり」の結末の違和感とは、つまり、ジャンル変更への当惑であり、また同時に、ハーンが自明のことのように描いている女性像への不審なのである。

ここにオリエンタリズムを持ち出し、説明することもできるかもしれない。ハーンが西洋人で、「おしどり」が本来、英語で英米人に向かって語られた物語であることを重視すれば、雌鳥は、エキゾチックな文化的パフォーマンスとして、いわゆる「ハラキリ」を演じてみせたと解釈することもできるだろう。当時の英語圏の読者の一部は、たしかに、そのような読み方をしただろうし、ハーン自身も、そうした読まれ方を、ある程度は、容認していたと思う。しかし、冒頭の引用に戻り、「おしどり」に語り手セツの面影が色濃く投影されていることを考えれば、この雌鳥の自死に、オリエンタリズムによる、安易な単純化と誇張だけをみる必要はないだろう。というのも、ハーンの妻小泉セツは、武士の娘であり、出雲松江藩小泉家にはこの種の劇的な自決が、家の口伝として豊富に語り継がれていたからである。

ハーンは松江藩士小泉湊の女セツを娶り、小泉家に入籍している。小泉家は維新前には番頭を勤め三百石を食んだいわゆる上士《じょうし》の家柄であり、セツを養女に迎えた稲垣家も代々百石を食む士分としては中程度の身分だった。一時ハーンが家に迎えた養祖父の万右衛門、共に暮らした養父の金十郎は幕末の動乱の経験者であり、セツの母方の祖父は壮烈な諫死で芝居にもなった有名な塩見増右衛門、実父湊は第二次長州征伐の折りに歩兵頭として岩見との国境で奇兵隊と砲火を交え戦った。したがってセツは出雲の高位の侍のほとんどと血のつながりを持ち、ハーンの家に出入りした親類縁者の大方は士族であった。そうした環境のなかでハーンが耳にしたであろう逸話や武勲、あるいは悲惨な零落の物語の数々は長谷川洋二の名著『小泉八雲の妻』に詳しいが、要するにハーンにとって武士道あるいは武家の作法とは、たんなる異国のもの珍しい風俗習慣ではなくて、身近な人々の身の上話であり、わが家の作法であった。「ハラキリ」もその例外でない。

たとえば、セツの母方の祖父にあたる塩見増右衛門は、一八五〇（嘉永三）年、江戸家老として赤坂の藩邸に入ったが、お国入りを延引し放蕩贅沢にふける藩主松平斉貴の行状を改めることができなかった。増右衛門は主君に向かい三度、諫言したが、斉貴に聞き入れる様子はなかった。そこで、

最後の諫言を終え、御前から退出しようとした時に、藩主斉貴は、家老増右衛門のただならぬ顔色にはっと驚き、傍らの侍に、早々増右衛門を呼び戻すようにと命じた。その侍は、慌し

く家老の詰所に行って「御家老様、御家老様」と声をかけたが、返事がない。すかさず、堅く閉めてある襖を押し明けて内を見ると、増右衛門は既に事切れ、息絶えていた。彼は主君の御前に出る前に陰腹を切り、切った腹を白木綿一疋で固く捲きつけて諫言したのであって、まさしく死をもって主君を諫めたものである。……藩主斉貴は、はじめて目覚めて、翌年早々に国元に帰り、さらに翌年、娘を配した養子の定安に国主の地位を譲って、まだ三十八歳ではあったが、剃髪し出家の姿となったのである。(9)

この諫死が行なわれたのは、一八五一（嘉永四）年十一月二日、セツが生まれる十六年前のこととされるが、外聞をはばかられる事柄だけに公式の記録には一切なく、いくつかの講談と芝居のネタとなった以外は、母セツから伝え聞いたハーンの長男一雄の回想が唯一の確実な資料となっている。したがって厳密な歴史学の立場からいえば、事実というよりも伝説の類として扱うべき事柄かもしれない。しかし、小泉家の人々にとって、とりわけ事実上、小泉の名跡をただ一人継ぐことになったセツにとって、これはまぎれもない先祖の偉業であった。

一八九九年か一九〇〇年の秋、幼い一雄はセツに連れられて赤坂の増右衛門の墓を訪ね、芝居にもなった有名な「三本杉の定紋」の付いた位牌の前で、セツから「是はお前の偉い曾祖父様だ、よくおがみなさい(10)」と涙ながらに言い聞かされたことを後々まで覚えていた。

今ひとつ小泉家に伝わる切腹事件は、増右衛門の「諫死」とは大いに事情を異にする、一種の

「情死」ではあるが、セツにとってはより親しい実母チエの身の上に起こった出来事だった。増右衛門の一人娘チエは、当時御家中随一の御器量などと褒めそやされたほど美しい娘であったが、十三歳の時、ほぼ同格の家柄の侍某へ嫁いだのであるが、

その婚礼の夜、思いがけない不祥事が勃発した。新郎は嫁の寝所へは来らず、庭前に於て当日迄家に置いた愛妾の今宵を限り親許へ帰すを惜み……未練にも女の首を打ち、自らは立腹を切つて無理心中を遂げた。この物音に、うら若い花嫁チエ女が健気にも、護身の合口の袋緒を解き、雪洞《ぼんぼり》を捧げし侍女一人を従え、姑の居間へ「母上様御寝《ぎょしん》なりましたか? 夜中お騒がせ申し相済みませぬが、旦那様には未だに御床入りなく、而も只今お庭前にて只ならぬ物音が致しました」と更に取乱したる様子もなく落着いての急報に、「はて面妖な」と忽ち人々呼び起され、手燭提燈等手に〳〵雨戸押開け庭になだれ出て見れば、無慙やこの始末。——血臭漂う夜気の裡に、女は松の根方に倒れ、首は僅かに斬り残された皮の為にぶら下つて居り、男は傍らの雪見燈籠に俯せし身は、腹一文字にかつ切つた上、右頸筋を断つて事切れていたと云う(11)。

チエはそのまますぐに里へ引き取られたが、その時の健気な態度が評判となって縁談が殺到、一年余を経て小泉湊へ縁づいたわけである。

これら二つの切腹事件が、いつ、どのような形でハーンに伝えられたのかは、憶測するしかない。

しかし長男の一雄への伝承の様から推せば、ハーンに伝わらなかったとは考えにくいし、「おしどり」の再話に限っていえば、ハーンよりセツが知っていたことのほうが重要なのである。

「本を見る、いけません。ただあなたの話、あなたの言葉、あなたの考でなければ、いけません[12]」と、ハーンは物語を語らせるさいにセツに厳しくこう要求していた。日本の物語や不思議な事件の数々は、セツの声と言葉と仕草によって、セツの思考と倫理を通して、ハーンの再話文学に変貌していたのである。ハーンにとって、セツはたんに物語の素材を提供するインフォーマントでも通訳者でもなく、解釈者・演技者であり、さらには時代に抑圧された精神や死に滅びた存在をよみがえらせる「霊媒」「巫女」「口寄せ[13]」に近い存在でもあった。

こうして平凡な中世の仏教説話における、一羽の雌鳥の不思議な死に様は、松江士族の口伝を受け継いだセツの語りと演技を通して、鋼のような意思と行動力をもった武士の娘の物語に生まれ変わったのである。

この語り手セツの出自の問題は、「おしどり」の最後だけではなく、ハーンが描いたもうひとつの自殺の物語「勇子——ある美しい思い出」にも、複雑な影響を及ぼしているように思える。ハーンが小泉家にまつわるふたつの切腹物語に耳を傾けたのは、おそらくは松江時代のことであろうが、この頃、ハーンはもうひとつの異様な自決を耳にしていた。

一八九一年五月十一日、滋賀県大津において来遊中のロシア皇太子が警護の巡査津田三蔵に襲われ重傷を負うという、いわゆる大津事件が起こった。明治天皇のご心痛は一方ならず、ただちに見舞いのため京都行幸を仰せ出され、「天子様ご心配」の報に日本全土が憂慮と不安に包まれた五月二十日、ひとりの女性が京都府庁の門前に白布を敷き、細帯で膝を縛り、剃刀で頸動脈を切って自決した。残された遺書から女は千葉県長狭郡鴨川町横渚生まれの二十七歳の娘、畠山勇子、ロシアに罪を詫び、陛下のお心を安ずるための自殺であったとわかり、一躍、大津事件の烈女として世に喧伝された。当時、松江中学の教師であったハーンも、その異常な覚悟と行為に戦慄した一人で、この事件を素材に「勇子――ある美しい思い出」(『東の国から』所収)を著わし、さらに一八九五年の京都旅行の際には勇子の墓所、末慶寺 を訪れ、その霊を弔い、「京都紀行」(『仏の畑の落穂』所収)の一節にその遺書や遺品を同情をこめて紹介している。この間の事情については、梶谷延の考証に詳しいが(14)、これらを読んでも、いっこうに分からないのが、ハーンはなぜ勇子を士族の娘として描いたのだろうかという謎である。

この問題は、最近になって、太田雄三から史実の歪曲であるとして厳しく批判されている。

ハーンの「勇子、一つの追憶」は、大津事件が起こってから大分たってから書かれたものだけれども、その中にある数多くの事実関係の間違いを見ても、彼の情報収集能力の貧弱さは明らかである。畠山勇子関係の資料を多く収録している沼波瓊音著『大津事件の烈女　畠山勇子』によって判断すると、ハーンの「勇子、一つの追憶」は、勇子の残した遺書の数、彼女の死んだ時間、自殺に使った剃刀を研いでもらった床屋の所在地、彼女の両親の存否等、多くの点で事実に反する記述をしている。その中の一、二について説明すると、(一)勇子を侍の娘としているのはあやまり。彼女は沼波の本で「平民畠山治兵衛の長女」となっているほか、叔父が幕末から商人として活躍した人物であることを見ても、侍の娘ではなかったと思われる。後にまた触れる石光真清『城下の人』(中央公論社、一九七八年)では、勇子は「農家の娘」とある。(15)

沼《ぬ》波《なみ》瓊《けい》音《おん》のような日本人ジャーナリストが書いた本格的な伝記と比べて、ハーンの情報収集能力が貧弱だというのは、ちょっと気の毒なような気もするけど、事実としてはそのとおりで、畠山勇子を士族の娘とするのは誤りなのである。

ただし、この点を弁護しておけば、ハーンはこの作品で勇子を一度として「畠山勇子」とフル・ネームで呼んでいない。作中で、事件の主人公の姓を書き伝えていないとなると、そもそもハーンには、この出来事を事実として正確に伝えるつもりなどなかったのである。「おしどり」が仏教説話ではないのと同様、「勇子」は、事実を正確に伝えるためのノンフィクション、あるいはルポルタージュではないのだ。しかし、「勇子」は明らかに、大津事件の烈女、畠山勇子をモデルとしているのだから、分類としては、あくまでノンフィクションでなければならず、したがって、作中にフィクションはあってはならないというのは、現代の小説区分としても、単純にすぎるように思える。ましてや、ハーンの生きていた時代となると、史実とフィクションの中間に位置するロマンス、つまり、史実に触発され、実在の人物をモデルとしながらも、大胆に虚構と想像をまじえた物語や詩は、ヨーロッパ文学には、いくらでも例がある。ハーンの「勇子――ある美しい思い出」もそうした旧時代の散文詩ないしはロマンスとして読むべき作品だろう。

それにしてもハーンはなぜ勇子を士族の娘としたのか。当時の新聞の一部に、そうした誤った報道があったのかもしれないし、また、当時ハーンの周辺にいた誰かがそうした説明をしてしまったのかもしれない。しかし、もし、そうした報道や噂をハーンに伝えたのが、妻のセツだとすると、ここでもまた、「おしどり」と同じ現象がおきていた可能性がある。その結果として、ハーンは、ごく自然に、何の疑いもなく、勇子を士族の娘と解釈してしまったのではないか。そう考えてみると、実は、今日、知りえる畠山勇子の素顔は、士族の娘ではないものの、いくつかの点で、セツのそれと驚くほど似通っている。

たとえば畠山勇子について次のような素描がある。

> 慶応元〔一八六五〕年十二月に生れ、五歳にて父を喪い、十歳小学校に入り卒業し、十七歳のとき同県朝夷郡千歳村安馬谷の若松吉蔵に嫁したが、明治二十年二十三歳のとき離別となり、東京に出て万里小路家の婢となり、また横浜の原六郎の婢となり、明治二十三年三月東京日本橋区室町一番地魚商白鳥武平方の婢となった。平素喜んで政治小説を読み、『中正日報』、『日本新聞』等を愛読し、また歴史を好み、朋輩からは偏人を以て目せられた。常に曰く、学資あ

らば今少し人らしき学問をしたろうに、妙齢を過したのは口惜しい、と。[16]

セツは畠山勇子より三つ年下の一八六八（慶応四）年の生まれ。養家稲垣家の没落により十一歳で小学校を下げられることになり、学問好きで成績もよかったセツは、進学を願って一週間も泣きつづけたというが、その後は織り子として賃働きに明け暮れた。やがて十八歳で迎えた婿養子にも貧乏のため逃げられ、ハーンと出会うまでは機織りや女中をして養家と実家の老人たちを養っていた。

勇子を没落士族の娘と考えたのがハーン自身なのかセツなのか、それともそのほかの第三者の噂なのか誤った報道なのか、今となっては、もう確実には立証しようのないことだろう。しかし、勇子を没落士族の娘と信じてからのハーンの思考過程は、容易に推察できる。彼は間違いなく勇子のなかにセツの面影を投影していた。作中、ハーンは日本の女性の内面について外国人は知り得ないと強調しながら、それに続けて死を選ぶ勇子の心理を長々と描写し、それがこの散文詩ともロマンスともいえる、不思議なスケッチの山場となっている。このあからさまな矛盾について、太田は「西洋人には決して本当に分かるはずがないと自らも考えている一日本人女性〔畠山勇子〕の内面について、独断的に長々と書いているところは全くハーン的だ[17]」とあきれ気味に書いている。

そう、これはまったくハーン的だと、わたしも思う。なにしろ、ここに描かれた先祖との対話、自然観と死生観、そして忠孝の倫理は、小泉セツとセツの一族のものであり、その婿養子であるラフカディオ・ハーンが大切に受け継いだものなのだから。したがって、わたしは、「勇子」を歪められたノンフィクションとしてではなく、「おしどり」や「君子」、「赤い婚礼」と並べて、説話や伝奇という物語の形式を借りながら、没落士族の娘たちの意地と覚悟、そしてその壮絶な死を描いた、明治時代の貴重な肖像の文学として、いつかまとめて大切に論じてみたいと思っている。

鎮魂と慰霊の語り手、小泉八雲——夢幻能との比較を手がかりに

ハーンの作品にはいくつか日本の能を思わせる作品がある。能の多く、とりわけ夢幻能といわれる曲には、有名無名の過去の人物が、幽霊となって旅の僧侶の前に現われる。したがって、そこに怪談の名手といわれるハーンの作品と近似するところがあってもさほど不思議ではない。しかし、わたしが似ていると思うのは、ハーンの怪談ではなくて、ノンフィクション——ハーンの文学のもう一つの頂点である日本の庶民の心を描くルポルタージュのほうなのである。作品の素材内容というよりは、語りの構造であり、幽霊が登場するか否かが直接、問題になるわけではない。

たとえば彼の来日第四作である『仏の畑の落穂』に収められた「人形の墓」を見てみよう。これは「熊本で雇い入れた梅という名の子守の身の上話[1]」であったのを、ハーンが家に招き入れた娘、おそらくは門つけの話のように書き改めたものだが、基本的には実話とみなして差し支えない。

話の内容は単純で、表具師の父が急死し、その後を追うように髪結いの母が亡くなる。そこでこれ以上、不幸が続かないように二人の墓の隣に「人形の墓」をあつらえなくてはいけないと隣近所

の者に諭されたのに、忙しかったのか金が無かったのか、それを怠っていたところが、母の四十九日に、家を継いだ長兄が、おっかさんが迎えにきたと譫言《うわごと》をいいながら死んでしまう。こうして家は絶え、残された祖母もほどなく世を去り、語り手の妹は父の知合いの家に預けられたという一家離散の悲話である。

この英文著作集でわずか五頁の小品の山場は、亡き母の幻影にうなされる長兄の枕元で祖母が狂乱する場面だろう。ここまで娘の一人称の淡々とした語りで進んできた物語が、一転してセリフ混じりでその場の情景を克明に再現しだすのである。

しまいにお祖母さんが立ちあがって、床をきつく踏みつけて、母さんを大きな声で叱りました。「たか、」とお祖母さんは言いました。「たか、お前のしてる事はたいへん間違っとるぞ。……もしおまえがこの子を取って行けば、この家も家の名も滅びることはおまえにもわかっているはずだ。たかや、それではむごすぎる。おまえ、それでは恥知らずで、邪険ではないかえ」お祖母さんはたいそう怒ったのでその体は上から下までわなわなふるえました。それからお祖母さんは坐って泣きました。わたしも妹も泣きました。しかし兄さんは母さんがまだ袖を引張ると言いました。そしてお日様が沈んだ時、兄さんは息を引きとりました。

お祖母さんは泣きました。泣きながらわたしたちの頭を撫でて歌をうたってくれました。

……

親のない子と
浜辺の千鳥、
日暮日暮に
袖しぼる[2]。

この場面について平川祐弘は、「ここには劇的状況がある。能のシテが最後に舞をまって、激しく床を踏みつけるような緊張感がある。そして年老いた祖母がしまいに坐って両手に顔を伏せて泣くさまは能舞台さながらの終りである[3]」と的確に評している。ただし注意しなくてはいけないのは、この老女の狂乱の舞と涙ながらの歌ばかりが能を思わせるのではないことである。この激しい声と身振りが、あくまで「じっと気持ちを殺し」た「高い細い優しい」娘の声で語られているからこそ、その劇的状況は、シェイクスピアではなく、わが国の謡曲を思わせるのである。

そういえばこの作品の冒頭で、ハーンはくどいほど念入りに娘の語り口を描写している。

> 万右衛門はその子をなだめすかして家の中へ呼び入れると物を食べさせた。その女の子は年は十か十一で、悧口そうで、哀れなくらいすなおだった。……
>
> 万右衛門にやさしく説き伏せられて、その子が身上話をはじめた時、私は娘の声音が急に変ったので、何かおかしな話を聞かされるのではないかと感じた。娘は高い細い優しい調子で話

し出したが、まったく一本調子で、——まるで炭火にかけた湯沸しの歌う音が単調で無感動なのとどこか似ていた。実はこのようにしっかりした、平坦な、よく透る声で、女子供がなにか胸を打つ話やむごい恐ろしい話を物語るのを耳にするのは日本では珍しいことではない。声は単調かもしれないが、けっして感情がないわけではない。それは語り手がじっと気持を殺しているのである。(二一六七頁)

もちろん、この一節は「日本人の微笑」の著者ならではの鋭い観察、この国の人々の心理と習慣についての懇切丁寧な解説文としても読めるだろう。しかし、ハーンはその語り口を解説するだけではなく、そのまま「人形の墓」という自己の芸術作品の語りに用いているのである。ここには明らかに、その特異な語り口を——「いかに怒《いか》るとも、荒かるまじき」(『風姿花伝』第七)という能の美学にも通じる異質な表現法を——自己の散文に取り入れたいという芸術家としての野心がうかがえる。そして、こうした試みのいくつかが結実して、劇的でなおかつ平静なあの『怪談』の文体が生まれたのだろう。

一人称による語りは、次に引く謡曲の標準的な入門書が説くように、能の大きな特徴のひとつに数えられている。

中世においても「平曲」や「曲舞《くせまい》」が「カタリ」である。そしてこれらの「カタリ」はみな第三人称で語られている。ところが能では、夢幻能にかぎらず……第一人称で物語られる例が多い。物語の内容さえすぐれていれば、第一人称だろうと第三人称だろうと別にたいしたことはないようだが、実はこの差が大きい。例えば「通い小町」である。あの四位の少将の強烈な恋を第三人称で物語っても、ああした緊迫感は盛り上がらないに違いない。作者観阿弥は、第一人称の強みを明らかにつかみ取って脚本を書いているのだ(4)。

これはおそらく「人形の墓」についても当てはまるだろう。この作品の成功は、多くを娘の一人称の語りの迫真性に負うているからである。

『仏の畑の落穂』より一作前の『心』に収められたハーンの神戸時代の作品に「門つけ」がある。

三味線を抱えて、七つか八つの男の子を連れた女が、私の家に歌をうたいに来た。女は百姓の身なりで、頭に青い手拭いを被っていた。不器量な女で、その生まれつきの醜い顔が疱瘡でいっそう無惨にされていた。子供は俗謡の刷りものの束を持っている。……

歌が終わると、私たちは女を家に招き入れ、あれこれ尋ねた。女の話では、もとはずいぶん楽な暮らしで、娘時分に三味線を習ったという。この子は自分の倅《せがれ》で、亭主は足腰が立たない。目は疱瘡で潰れたが、体は丈夫だから、いくらでも歩けるし、子供が疲れればおぶってやる。こうして歌って歩けば、人様が涙を流し、小銭と食べ物を恵んでくれるので、この子と寝たきりの亭主を養っていける。……こんな身の上話だった。私たちがいくらか包み、食事を出してやると、女は子供に手を引かれながら帰っていった。

この作品ではまだ門つけの身の上話は、

Once she had been fairly well-to-do, and had learned the samisen when a girl. The little boy was her son. Her husband was paralyzed. Her eyes had been destroyed by smallpox.

と箇条書きのように簡潔な三人称で記され、あの「人形の墓」の劇的な一人称の語りの面影はまだうかがえない。ただしこうした体験から、ハーンは自分の子守女の話を来訪者の身の上話に変えることを思いつき、あの特異な語りを生み出していったのであろう。

ちなみにハーンは松江時代にも近郊の村を尋ね、そこに伝わる大黒舞のうち「俊徳丸」「小栗判官」「八百屋お七」の三作を採取・翻訳して、『心』の付録に掲げている。ハーンの俗謡に対する関心と知識には並々ならぬものがあった。

子供を連れ三味線を抱えた門つけにせよ、松江の大黒舞にせよ、これらは、中央の、あるいは文字の芸術に昇華されぬまま、民間に生き延びた語りの芸である。能楽とは同根の間柄といってもよい。「人形の墓」においてハーンは、こうした語りのひとつを極度に洗練して用いたのだから、その印象が能に似かよってくるのは、ある意味で当然とも言えよう。
しかし、「人形の墓」が能を思わせるのには、もうひとつ理由がある。それは、ちょうど能におけるシテとワキのように、娘の語りにじっと耳を澄ますハーン自身の姿が、作中にはっきりと描かれていることである。
能は「主役独演主義」(5)、あくまでシテの舞と謡が中心だといわれるが、そのもっとも洗練された形式である複式夢幻能は、おおむね次のような形をとる。

旅人が名所を訪れる。そこへ里人がやって来る。里人は旅人に、その土地に言い伝えられた物語を聞かせる。最後に里人は、「自分は実は今の物語の中に出て来た何某なのだ」といって消え去る。すなわち舞台から一度退場するので、これを中入という。旅人が待っていると、先程の里人が今度は何某のまことの姿で現われて、昔のことどもを仕方語りに物語ったり、舞を舞って見せたりして、夜明けとともに消えて行く。これは旅人の夢だった(6)。

シテは、源平の武将や世に名高い人物であることが多いが、神仏や鬼、芭蕉などの樹木の精、あるいは現世で犯した罪のために成仏できぬ猟師や処女《おとめ》の霊であったりもする。話を聞く旅人、つまりワキのほうも、僧、神職、山伏とさまざまな姿をとる。ただし、シテは常に旅人の夢の中に出現するとは限らない。夢か現《うつつ》か判じ難いことも多いし、実際に神や怨霊が旅人の前に姿を現わす場合さえある。そうした夢幻にあらざる能まで夢幻能と呼ばれるようになった事情について金井清光はこんな説明をほどこしている。

脇能といえども舞台上に過去を再現し、あるいは超現実的な霊験利益を展示するとき、観客はそれをワキの眼前に展開される現実のできごとと見るよりも、どことなく夢幻のできごとのように見るものである。……

それがさらに一歩進むと、複雑な過去を物語るため主人公は生前の姿で夢幻めいた場にあらわれてくる。平家物語の中の武将ともなれば、みなそれぞれに複雑多難な戦乱の世の中を生き、そして死んで行った人たちばかりである。その過去を物語り再現してみせる場面が、いつしか夢幻めいてくるのも当然であろう。(7)

夢幻能が夢幻めくのは、超自然の存在が複雑多難な過去を再現するから――それに間違いはないだろうが、ここに敢えてもうひとつの理由を付け足せば、その再現が形の上ではあくまでワキに対してなされているからでもある。夢幻能に大切なのは、ワキの夢よりもワキの存在である。神仏・亡霊が他界から現われて、霊験利益を示し、あるいは華やかな過去、地獄の責め苦を演じて見せるのはワキに対してであり、その一人称の力強い語りにもかかわらず、観客がそれを夢幻のように感じるのもワキがいればこそなのである。

これほど重要な役割を負ったワキというものについて、わたしの手にするような能の概説書は意外に冷淡で、「ワキは本来は見物人の代表者の如き役目で登場するもので、正確な意味でのシテの対立者であるとはいへない」[8]、「主人公の演技のきっかけさえ作れば用済みで、舞台の脇隅に端座してシテの演技をただ見守る立場になる」[9]とひどく素っ気ない。

ワキに対してもっとも大胆で鋭い解釈を試みたのは、ポール・クローデルだろう。

ワキは見つめ、そして待つ者である。待つためにそこにやってくる。……

彼は待つ、そして何者かが現れる。

神、英雄、隠者、亡霊、悪霊――シテは常に「未知なるものからの使者」であり、……自分が何ものなのかを明かしてくれるようにワキに求めにやってくるのである。シテの歩みと動きは、彼をおびき寄せ、この想像上の土地に虜《とりこ》として離さないあの〔ワキの〕視線に従っている。[10]

訳者の内藤高は、この箇所に注を付し、クローデルの『日記』に見える観能の記録から「この間、見つめる人物〔ワキ〕は不動であり、まばたき一つしない」という言葉を引き、「クローデルは、退いて坐すワキを、シテを凝視するもの、幻影を見つめるものとして、なおも舞台上の劇的な緊張関係の中に取り込んだ状態で理解している」[11]と記している。わたしは、「人形の墓」における作者の登場もこのような文脈で理解すべきではないかと思っている。

クローデルは、このすぐ後でワキを「一人の証人」と言い換えているが、面白いことに西洋におけるもう一人の良き能の理解者アーサー・ウェイリーもまた、ワキを「沈黙の証人」（a silent witness）と呼んでいる(12)。「見る」ことも「沈黙する」ことも、ひとつの行為である。ましてやそれがまばたき一つ許されない凝視であれば、シテの舞にも劣らぬ激しい行為である。行為である以上、それは当然、舞台の、そして舞台と観客との間の、劇的な緊張関係に関与しているのである。

ワキは待ち、説き明かし、見つめる者である。さらにクローデル風に付け加えるならば、ワキは見送る者でもある。クローデルからの引用をつづけよう。

そして、能の後半部が始まる。ワキはこの役割を終え、もはや一人の証人に過ぎない。しばしの間身を引いていたシテが再び現われる。彼は、死から、単なる輪郭から、あるいは忘却の中から外へ出たのである。……かつて彼がその基盤をなし、その表現でもあった人生、かつての人生の断片がそのまま彼とともに呼び覚まされる。……魔法の扇の一振りによって、彼は現在時というものを蒸気のように霧散させてしまうのであり、あの神秘的な翼〔袖〕のゆるやかな風によって、もはやその存在を止めていたものに対して、自らのまわりにもう一度立ち現われるようにと命じるのである(13)。

このようにシテが他界から呼び寄せたものたちを、ワキはひたすら見つめ、やがて最後に、わずかな言葉と身振りで感謝や祈りを捧げ、あるいは慰めや同情を示すことにより、もと来た世界へと引き返させるのである。その意味でワキは観客と他界のものとの距離の調節者だともいえよう。ワキについての分析はもうこれくらいにして、話を「人形の墓」に戻そう。

作中ハーンは「私」として三度その姿を現わしている。もちろんこの「私」は万右衛門や娘のいねと同じく虚構の存在で、作者ハーンとは区別しておかなくてはならない。「私」はまず初めに万右衛門に招き入れられた娘の様子と語り口を記す。つづいて物語の中ほどでは娘の語りをさえぎり、人形の墓とは何かと尋ねている。ただし、ここまでは純粋な観察者・聞き手であって、積極的な動作や発言はいっさい控えている。しかし三度目は違う。語り終え立ち去ろうとする娘は万右衛門を通じ、自分の坐った後へそのまま坐ってはいけないと注意する。なぜと「私」は問い返す。

「他人の体の温みの残っている場所に坐ると、他人の不幸がみんなあなたの中にはいってしまう。だからまずそこをお叩きくださいと娘さんは言ったのです」

だが私はその儀式をせずに坐って、万右衛門と顔を見あわせて笑った。

「いね」

と万右衛門が言った、

「旦那様はおまえの心配事や不仕合せを御自分でお引受けくださったんだよ。旦那様は」

（私には万右衛門がその時使った日本語の丁寧な敬語の言い廻しが再現できない）
「旦那様は他人の苦しみを御自分もわかちあってよくよく知りたい、とお考えでいらっしゃる。それだから、いねや、旦那様のことは別に心配しなくともよいのだよ」（二七二―二七三頁）

われわれがこの作品から受ける感動の性質を考えるとき、この末段の一節はよほど注意して読まなくてはいけない。娘の語った話は、次々と一家の稼ぎ手を失い、ついには幼い姉妹が孤児となるという、およそ救いようのない陰惨な物語である。

柳田国男の『故郷七十年』に、飢饉の年に貧しい炭焼きの娘と息子が自分から斧を研ぎ、小屋の敷居に頭をのせ、もう死にたいからこれで殺してくれと頼んで、殺されてしまうという、有名な話が出てくる。柳田がこれを田山花袋に語ったところが、「余り奇抜すぎるし、事態が深刻なので、文学とか小説とかに出来ない」(14)と聞き流されてしまった。田山の自然主義とはその程度のものだったと柳田は嘆いているが、「人形の墓」の物語もこの「山に埋もれたる人生」に負けず劣らず奇抜で深刻な話なのである。

しかし正直にいって「人形の墓」の読後感は――もちろん悲しみや憐れみがあるには違いないが――それほど暗いものではない。むしろ良い話を聞いた、良いものを見たという晴れやかな気分が優っている。ここには明らかに西洋古典悲劇のもつカタルシスとは違う仕組みによる、ある種の浄化作用が働いている。
それが末段の「私」の登場と関係することはおそらく誰にでも察せられよう。しかし、現代の読書人の大方は、それを「私」の娘への同情と憐れみのジェスチャーによるのだ、結局われわれはハーンの安っぽいセンチメンタリズムに騙されたのだと考えて、この作品に感動した自分自身を恥ずかしく思うのではなかろうか（わたしもかつてはそんな読み方をしていた）。しかし作中の「私」は冷やかに見れば娘に対し食事をふるまい、その温もりの残る畳に坐ったにすぎない。はたしてわれわれの心は、それほど愚かで騙されやすいものだろうか。いま一度、最後の万右衛門の言葉を読み直してみよう。

"Iné," said Manyemon, "the master takes your sorrows upon him. He wants"—I cannot venture to render Manyemon's honorifics—"to understand the pain of other people. You need not fear for him, Iné."

いねの「悲しみ」（sorrows）——複数形だ——とはいったい何であろう。彼女は何を「恐れ」（fear）ているのだろう。万右衛門はなぜ「私」が娘の温もりの残った畳に坐っただけで——英語に訳しかねるような敬語を使うほど——感心してしまったのだろう。田部隆次の注に「人の坐ったあとの畳をたたいて坐るというのは出雲の習慣[15]」だとあるが、ハーンは明らかにこれを一地方のささいな俗信としては用いていない。

先に引用したいねの語り口の描写に「娘の声音が急に変った」という箇所がある。これは娘が門つけのような職業的な語りを始めたことを示しているが、"a high thin sweet tone, perfectly even—a tone changeless and unemotional as the chanting of the little kettle over its charcoal bed" という言葉がわれわれに暗示するのは、むしろ巫女の口寄せのような、何かに憑かれた状態であろう。娘にとり憑いたのは、穏やかな言い方をすれば、過去の悲しい思い出ということになる。しかし、いねの語りが、息子を奪い去ろうとする母親の霊にむかい床を踏み鳴らし叱咤する老祖母のありさまを克明に再現しだすと、そうした穏やかな見方はもはやとれなくなる。

「たか、おまえのしてる事はたいへん間違っとるぞ。お前が生きとる間、みんなおまえを大事にした。誰かおまえに向って慳貪《けんどん》な口を利いた者がいたか。それなのになぜ男の子を取って行こうとする。この子がいまは家の大黒柱なことくらいおまえも承知だろう。もしおまえがこの子を取って行けば、もう誰も御先祖様のお世話をする者はいなくなる。もしおまえがこの子を取って行けば、この家も家の名も滅びることはおまえにもわかっているはずだ。たかや、それではむごすぎる。おまえ、それでは恥知らずで、邪険ではないかえ」(二七〇頁)

ただ一人の跡取りを失い、幼い孫娘たちを後に残したまま冬の夜にひっそりと世を去った老女の無念は、いねの語りのなかにまざまざと蘇っている。そこにはまた御先祖様として祀られるはずの家を失った父と母、そして長兄らの無言の嘆きも聞き取れるはずである。

いねが「悲しみ」「恐れ」ているのは、これら怨みを残して死んでいった者たちの霊のことではあるまいか。だとすれば娘の坐っていた畳を叩くのは、娘が語り招いた他界のもの、娘に依り憑いた霊を追い払う仕草とも考えられる。ここに至りようやく"Whereat I sat down without performing the rite."という短い一行に込められた意外な重さと温かさが理解できるようになる。

それは生身の人間にとっては取るに足らぬささやかな善意、ひとりよがりのセンチメンタリズムに思えるかもしれない。そして実際にあくまで無邪気なお人好しの西洋人として描かれている作中の「私」(作者ハーンではない)にとっても、ほんの気軽な同情の仕草だったのかもしれない。しかしそうしたささやかな好意と思い出の中にしか生きられぬ別の存在、それだけを求めてこの世に立ち現われる亡霊たちにとって「私」の行為は何よりの慰めであり供養であった。万右衛門といねにはそれがわかっていた——だからこそ彼は一切の説明ぬきで主人の無邪気な破戒を"the master takes your sorrows upon him."と簡潔だが重々しい言い回し——ほとんど新約聖書的な響きを帯びた言葉で、いねに伝えたのである。

「人形の墓」がわれわれに与える晴れやかな気分は、最後に付け加えられたセンチメンタルな一場によるのではない。そうではなくて、この作品が感動的なのは、それが全体として能に酷似した鎮魂と慰霊の劇的・宗教的構造をそなえているからなのである。

ハーンの著作にはシテの語りとワキの登場という能に似た構成をもつ作品が他にいくつかある。そのひとつが『日本雑録』に収められた「漂流」で、これは紀州沖で難破した船から放りだされ、海上をさまようこと二日二晩、八人の乗組員のうちただ一人助かったという天野甚助の回顧談である。物語はこんなふうに語りだされている。

台風が沖に迫っていた。私は烈しい風に吹かれながら防波堤に坐り、岸に砕ける大波を眺めていた。隣には天野甚助老人が坐っている。……怖しい——私がつぶやくと、甚助老人はにっこりと微笑んだ。

「もっとひどい嵐の海でな」と老人が語りだした。「わしは二日二晩、泳いだことがある。ずいぶん昔のことで、わしがまだ十九の時分だ。乗っていたのは八人だが、助かったのはわし一人だった……」

台風の迫る大荒れの海岸という設定は、なかなか劇的だが、もちろんこれは虚構であって、実際の取材は当時ハーンが夏の間借りていた焼津の魚屋、山口乙吉宅の二階で酒肴をふるまいながら行なわれた。ハーンの長男である小泉一雄の回想によると、その場には一雄の他にも何人か同席していたようだし、かなり酒の入った甚助の昔語りは、作品の語りよりも、ずいぶん賑やかで熱のこもった調子だったらしい。

彼は胡麻塩頭の姿勢の良い実に岩乗《がんじょう》な体軀のお爺さんでした。朴訥な地方弁で、「甚ヨー、此処《こっち》へ来《こ》ーい来《こ》ーい！　と呼ぶだにヨ」だの、「矢張《やっぱ》、水母《くらげ》の仲間だノオ。鰹の烏帽子に刺されたら何様《どねえ》に皮ン厚い者《もん》でも後《あと》三四日は痛かんヅラ」だの、「『慈悲の網、垂れて救えよ地蔵尊、生死の海に沈む彼等を』のお歌をしきりン思い出やアてノオ。ハア拝んだ拝んだ、一心に小川の地蔵様をヲウ」等と熱心に語って聴かせました(16)……

しかし、これが一度ハーンの手にかかると、その歌うような雄弁は、一転して「人形の墓」のいねの身の上話と同じく、沈痛で抑制された迫真の語り口となる。

「暗くなると風が止んだ。……もうぐったりで、これはもういかん、沈むぞと覚悟した。そのとたんだ、誰かがわしを呼んでる。昨夜と同じ声で「こっちへ来い！　こっちへ来い！」……はっとすると福寿丸の四人がいる——泳いでるんじゃない、わしのすぐそばに立っている……みな怒ったような顔でわしをにらんでいる。巳之助が黄色い声で「俺がこうして舵抑えてるのに、甚助、われは寝てばかりいる」と不平を言う。……寺尾勘吉がわしの頭の上にかがみこみ、両手でもった掛けものを半開きにして「甚よ！　見い、これが阿弥陀様の御影だ。もうわれも念仏をお唱えしろ」それがあんまり気味悪い声なので、わしはすっかり肝をつぶした。

怖くて怖くてその御影を拝んで必死で「南無阿弥陀仏、南無阿弥陀仏」とお唱えした。その時だ、痛いのなんの、腿から尻にかけて火がついたようだ。はっと気づいた時には板子から転がり落ちていた。大きなカツオノエボシの仕業だ。……その痛さで眼が覚めた。もしこいつにやられなかったら、きっとそのまま寝込んじまっていたろう。わしはまた板子に乗って、小川の地蔵様にお祈りした。それから金毘羅様にもお祈りした。それで朝までなんとか眼を覚ましていられた」

嵐の海に沈んでいった水夫らの怨念を語り、阿弥陀如来や小川の地蔵様のご加護を称え、「漂流」は甚助のこんな言葉で結ばれている。

「わしは今でも年に一度は讃岐の金毘羅様にお参りしている。難破して助かった者は、みな金毘羅様にお礼参りをするのだ。小川の地蔵様には、もっとちょくちょくお参りしている。あした一緒に来なさるなら、あの奉納した板子を、先生、あんたにも見せてやろう」

「人形の墓」と違って、「私」は物語の最後に登場もしなければ、喋りもしない。しかしこの最後の呼びかけにより読者が思い浮かべるのは、小川の地蔵尊に参詣し、甚助を救った一枚の船板に眼を凝らす「私」の姿であろう（実際にハーンはこの話を聞いた翌日、山口乙吉の案内で小川の地蔵様こと海蔵寺を訪ね、お堂の正面に奉納額として掲げてある船板――「たぐひなや、あらいそなみによるよると、ひかりをさしてうかむぼさつは」と甚助の詠んだらしい歌を刻んだ板子を見ている[17])。

「漂流」では冒頭の一節を除き「私」の存在は作中の数ヵ所で、「なに、知らんのか?」「書くかね、クは九、キは鬼、九匹の鬼だ」といった類の甚助の問いかけや説明により読者に暗示されているだけである。それにもかかわらず、息をひそめひたすら耳を傾ける「私」の存在は、甚助の語る悲劇と奇跡の真実性を高め、誰よりも雄弁に主人公の堅固な道徳心と、それに報いた地蔵尊の霊験を褒め称えているのである。

同じく『日本雑録』に収められた「橋の上」は、熊本の老車夫平七が語る西南戦争の物語であるが、前の二作とはやや趣きを異にし、「私」の問いに車夫が答えるという形で進行する。ただし、基本的には平七が語り手で、「私」は聞き手であるから、これも同じ仲間に含めてよかろう。

二十三年前、「私」と平七がたたずむその橋の上で、薩摩の侍が三人、百姓姿に身をやつし、政府軍を待ち伏せしていた。何も知らずに通りかかった平七は、その場を動くなと命じられる。やがて政府軍の騎兵将校が橋の方に向かってきた。

「……その三人の男は大きな藁笠の下から男を見護っていた。しかし頭は廻しませんでした。下の川面を見ているようなふりをしていた。しかし馬が橋にさしかかるや否や、三人は振り向きざま躍りかかり、一人は馬の手綱をひっとらえ、いま一人は騎兵士官の腕を抑えこみ、三人目はその首を断って落とした。みんな一瞬の事でした……」

「士官の首を?」

「そう──士官は首を斬られる前に一声叫ぶ間さえなかった……あれほどすばやい手並は見たことがない。三人とも誰も一言も言わなかった」[18]

こうして平七は、炎上する熊本の町を眺めながら、雨の降る橋の上で欄干にもたれ、逃げることも叫ぶことも許されぬまま、一人また一人と、声もなく騎兵将校が斬り殺されるのを見る。やがてその首が三つになると、三人の薩摩兵は震える平七をそのままにして立ち退いていった。いったいその殺された将校は誰だったのか、「私」が問うと老人は知らないと言う。このことは戦争が終わって何年かするまで口外しなかったというのが、平七の返事だった。それはまたなぜと「私」は問いつめる。

平七は呆れたような表情をし、憐れむように微笑を浮かべると、こう答えた。

「なぜって、口外したりしたら悪いではないですか。そんな事をしたら恩知らずではないですか」

その非難の言葉が私の胸にこたえた。

そしてまた私たちは人力車の旅を続けた。（三八二頁）

作中の「私」は、雨中の襲撃の異様さに気圧され、薩摩武士の豪胆と見事な手並みに感心するばかりで、その片隅にあったささやかな慈悲の心と行為を見落としている。平七を怯えきった証人、不幸な被害者としてしか見ないで、その心情に思い至らないのは、「私」もわれわれ読者も無意識のうちにこの老車夫を蜘蛛の巣から逃れ出た虫のように見ている――いや、見下しているからだろう。

われわれはその場の強者のこと――薩摩兵の行方や騎兵将校の正体ばかりを気にかけ、命を救われた側の恐怖と喜び、感謝と知恵は知ろうともしない。「私」と迂闊な読者は、平七の最後の一言でようやく彼の内面――恩に感ずる繊細な心と思慮深さを思い知らされる。この瞬間、これまで無視されてきた脇役は一転して作品の主題を担う高貴な智者に変貌する。

この場合「私」は読者の代理といってもよい。読者は、「私」とともに作者に騙され、「私」とともに真実に目覚め、改悛するからである。しかし、われわれ読者はたんに「私」の目だけを通して事件を見ているのではない。ある時は平七の語りに引きこまれ、一人称で事件を我がことのように体験し、また、ある所では第三者として「私」と平七のやりとりを眺めている。「私」の登場が単純な一人称の語りにいかに複雑な視点と陰影を与えているか、この作品はよく示している。

しかもここにハーンの作品がもつ暗黙の前提――すなわち登場人物は日本人であり、「私」は日本に住む西洋人であり、読者は日本を知らない西洋人であるという関係を付け加えると、作品の解釈はいっそう豊かで多様なものとなる。いま述べたようにこの作品は平七の“Because it would have been wrong; — it would have been ungrateful.”というセリフにはより初めて日本の一庶民の心の内奥を示す物語に変貌する。しかし、次に続く「私」の“I felt properly rebuked.”という述懐は、その平七の言葉の正当性を保証する役割を果たすだけでなく、この作品の性質を三たび変える働きもしている。この一行により「橋の上」は日本の庶民の心を知りえた一西洋人の物語となるからである。

この一見単純な短い作品の読解が意外に難しく、またそれだけになおさら感動的なのは、このように最後の一節にたてつづけに二つの大きな逆転というか飛躍が用意されているからなのである。そして、ふたたびこの作品を能に引きつけて理解すると、この場合、ワキの視線に招かれ、過去を語り、回向《えこう》をうける他界のものとは、怨霊でも神でもなく、知られざる異国の民の感謝の心——すなわち平七自身の生き御霊《みたま》である。このような考え方をすると、この作品もまた能に似た慰霊と鎮魂の劇的構造をもつことになる。

能においてワキは観客の前に他界の存在を引き出すために必要不可欠の工夫だが、ハーンの作品の場合にも同じことがいえるのではないか。この作品は実話に基づくルポルタージュなのだから、作者の分身である「私」の登場は、ごく自然のことであって、なにも能に引きつけて理解する必要は少しもないと思われるかもしれない。しかし繰り返しになるが、本来ハーンの作品は西洋人読者を念頭において書かれたものである。そして当時の西洋の人々にとって海の彼方の島国の民衆は、中世の日本人にとっての亡霊や神々よりも遙かに縁遠い存在だったかもしれないのである。他界の存在を舞台にのぼす能作者の工夫と、異国の民の心を紙上に再現しようというハーンの工夫が一致しても、そう不思議に思う必要はなかろう。

ハーンの日本理解の姿勢についていては、従来から両極端の賞賛と批判があった。一方で日本人になりきり日本を内側から描いた越境者であると賞賛され、他方で日本人の特殊性と神秘性を強調する人種主義者《レイシスト》であると批判された。もちろん、その賛否両論を支えるハーンの言説と論拠は確かにあるのだが、ハーンの個々の作品の構造は、それほど単純ではなく、また芸術家としてのハーンは、そうした批評がとらえる以上に、老獪で、巧妙だった。彼は決して作中の「私」と日本の間にある距離や溝を安易に消し去らなかった。むしろ、その距離や深さを強調、いや誇張したといってもいい。しかし、誤解しないでほしい、ハーンがその距離や深さを越えがたいと強調したのは、その困難に満ちた境界線上こそが、「私」が他界のもの、あるいは異国の魂を呼び出す場所であり、鎮魂・慰霊あるいは異文化理解というドラマが繰りひろげられる舞台だからである。

そう考えながら「橋の上」の最後の一行——“And we resumed our journey.” という言葉を読むと、わたしにはそれがあたかも境界を越え理解しあった者たちが喜びの舞をまいながら静かに舞台を去ってゆく姿のように思えてならない。

「人形の墓」「漂流」そして「橋の上」——われわれはこの三編の物語のなかに現世の凄まじい地

獄を見た。これら三つの短い作品のなかでわれわれは一体いくつの死を見てきただろう――いねの四人の家族、福寿丸の七人の水夫、そして橋の上で悲鳴をあげる間もなく斬り殺された三人の騎兵将校――不確かではあるけれどもここに平七を救った薩摩の侍を付け加えることもできる。しかし、その地獄を再現するはずの語りは、みな一様に血なまぐささや残酷さを越えた、ある種の静かな美しさを湛え、その読後感もけっして暗くはない。それはある程度は語り手の抑制された語り口と聞き手である「私」の存在によるものだが、それよりも決定的なのは、この三作がいずれもいま述べたような鎮魂と慰霊の構造をそなえていることである。孤児、水夫、車引きといった世の片隅に埋もれた異国の民の嘆きと信仰と魂が見出され、慰められ、賞賛されていることである。しかも、その背後には数多の死者がいる。いねの悲惨な身の上話も、甚助の堅固な信仰も、平七の美しい報恩の心も、多くの罪のない死から生まれ出たものである。彼ら生者の魂を慰めることは、その背後にある報われぬ死者の魂を慰めることにもなる。だとすればこの三つの物語は、二重の意味で鎮魂と慰霊の構造をそなえていることになる。

この論文は、もともと「人形の墓」の一場面が能を思わせるという指摘から話を進めてきたので、能のようなシテとワキの関係――一人称の語りと聞き手としての作者の登場という形をもつ作品だけを取り上げ、論じてきた。しかし、そこで語られるのが語り手の実際の体験でなく、たとえばその土地に伝わる民話や伝説のようなものであれば、その語りはごく自然に三人称の形をとり、しかもそこに再現された過去、呼び寄せられた他界のものと聞き手（あるいは書き手）との関係は、これまで論じてきた三つの作品と大きく異なるわけではない。

ハーンが紀行文中に挿話的に用いる物語の多くは、実はこの形をとっている。「化け物から幽霊へ」の最後の話——死んだ娘の位牌が幽霊となって、愛する男と所帯をもち、子を産む話——はその典型だが、「神々の国の首都」に見える大雄寺の伝説——墓中のわが子を水飴で養った母親の幽霊の話や、「日本海の浜辺で」に宿屋の女中の話として引かれた「鳥取の布団」などもこの仲間に含めてよいだろう。

ハーンは後にこうした民話や伝説の再話を挿話的に用いるのではなく、独立した怪談として著作の中心にすえるようになるが、その場合でも著者の「私」は、しばしば物語の初めや終わりに登場し、感想を述べたり、内容に不審を唱えたり、時にはその出来ばえを茶化したりする。それは時には西洋人読者のための解説や弁明であり、また時にはロマンティック・アイロニーに近いものだが、そのなかのいくつかは確実に慰霊・鎮魂の役割を帯びている。(19)

「赤い婚礼」「阿弥陀寺の比丘尼」「戦後に」「力馬鹿」などでは、霊を慰める言葉は直接「私」の口からではなく「私」の話相手によって語られている。大津事件の際に天子様の御心を安んずるためにと自刃した畠山勇子を描く「勇子——ある美しい思い出」は、本文から一行あける形で「ただし、国家の高度な判断によって、勇子の死が公に頌せられることは一度もなかった」というハーンの作品には珍しい強烈な反語で結ばれている。その声の主ははっきりしないが、これもまたひとつの鎮魂の行為と見なしてよいだろう。ここまでくれば、もう能との比較や「私」の登場にこだわる必要はないかもしれない。ハーンの作品は、それが紀行文であれ物語であれ、さまざまな箇所で多種多様な鎮魂と慰霊の語りを見せている。「人形の墓」はそうした著者の慰霊への執心がたまたま能に近い劇的な形をとって現われた一例にすぎないのである。

ハーンの作品の評価が日本において高く、逆に海外、とりわけ英米においては長く低迷したままなのは[20]、この語りのせいではなかろうか。「人形の墓」と能の類似はその著しい例だが、ハーンの鎮魂・慰霊の語りは不思議にわが国の芸能や民俗、あるいは文学的伝統と重なりあうところが大きい。作品の素材だけが日本的なのではなく、その作品の構造、語りそのものが日本的なのである。それがハーンの日本における大衆的人気のひとつの大きな理由だと思われる。

もしこれが鎮魂・慰霊というものに大きな価値を認めない国、いや、死者の霊や生者の魂をじかに慰め鎮めるような語り口がそもそも文学的伝統としては存在しない国であったのなら、ハーンの文学はせいぜいが上質のジャーナリズム、ひどい場合には浅薄なセンチメンタリズムの産物と見なされ、高い評価はもちろん、大衆的人気も得られないだろう。

ハーンがこの特異な語りをどこで見出し、どう磨きあげてきたのか。またそれが西洋の文学的伝統や、日本の風土・文化とどこまで関連しているのか。わたしにはまだ完全に答える準備ができていないが、いずれは機会を見て論じなくてはならない大切な問題だと思っている。

傷ましい仲裁《とりなし》の物語――「破られた約束」「お貞の話」「和解」を読む

ハーンの怪談は、たとえ作中に霊による殺人が描かれていたとしても、生理的にはあまり怖くないのだが、そうしたなかで例外的に、怖い、気持ちが悪いといわれつづけている作品に「破られた約束」がある。これは、「守られた約束」のペアとして、一九〇一年に刊行された、来日第八作『日本雑記』の巻頭を飾るハーンの自信作であるが、「守られた約束」は、原話が上田秋成の名作「菊花の約」であるから、あらかじめ成功を約束されていたようなもので、ハーンの自負のより多くは、むしろ、この「破られた約束」のほうにあったと思われる。というも、こちらの原話はセツ夫人の語った出雲の伝説とされ、もとはきわめて単純素朴な形の口碑であっただろうと推定され、その再話の大部分がハーン自身の工夫によるものと考えられるからである。そうした出雲民話に由来する「破られた約束」を、洗練の極致ともいえる秋成の物語の隣においたところに、この時代のハーンの、再話文学にかける意気込みがうかがえる。

「破られた約束」では、臨終をむかえた武士の妻が、夫に後妻はとらぬと生涯にわたる独身を誓わせ、たっての願いで、生前愛した自宅の庭の片隅に葬ってもらう。しかし夫がその誓いを破って、若い後妻をめとったために、その破約を怒り、墓から迷い出て、後妻の首をとるが、警護の侍から斬りつけられ、生首をかかえたまま手首を切り落とされてしまう。しかし前妻の妄執はそれでも鎮まらず、切り落とされた手はなおも、後妻の生首をまさぐりつづける。これはあらすじだけでも十分怖い極めつきの怪談である。

ただし、この作品は「ヘルンの怪談中最ものすごきもの[1]」と、その生理的な怖さには定評があるものの、それ以外にはとりたてて評価のしようのない困った作品でもある。たとえば、ハーンのもっとも優れた読者のひとりであるジョージ・ヒューズは、「そしてもし、ハーンが日本に到着したとき、デカダンス派の芸術家特有の癖をいくつか捨ててしまったと言えるとしても、また日本まで持ってきた癖もあったのだ。彼の後期の物語においても、彼は好んで、若いころに愛好してきた凄惨さを求める効果を再現しようとしている」と前置きして、この作品を引用し、「デカダンス的「フランス感覚派」の影響は、ここにおいてもまだかなり強く残っているようにも思われる[2]」と、その特異な描写の由来するところを的確に指摘しているのだが、ただし、それが作家ハーンにとって、良いことなのか、悪いことなのか、成熟を意味するものなのか、ただの悪癖なのかは、判断しかねているように見受けられる。

そうした「凄惨」な効果を狙った作品の例として、もうひとつ「因果話」(『霊の日本』)を付け加えることもできるだろうが、この「破られた約束」と「因果話」の残虐性については、ハーンの道徳的分裂を示すものではないかと非難する声さえある。

ハーンが東大の講義で説いた道徳家的、「愛他主義的」文学観は、別の意味でもハーンの実践とは遠かった。それは東京帝国大学文学部講師時代のハーンが、一方では、「因果話」や「破られた約束」のように、彼が「最高の芸術とは」や「醜悪な主題について」で説いたところとはどう見ても合わない、日本の話をもとにした悪夢的なおぞましい再話作品を書いていたからだ。……いずれにせよ、これらは読む者に愛他の心を吹き込むといったこととは遠い、醜悪な話である。これも教師としてのハーンが示した内部分裂の例であろう(3)。

ここまで作品の評価に踏み込んだのは、ひとつの進歩にはちがいないが、よく読めばこの批評でさえ、これらを書いたこと自体がハーンの「内部分裂」を物語るものだと作品の外部から断罪しているだけで、ハーンがなぜ、この二作(だけなのだろうか?)で、このような凄惨な描写を試みたのかの説明にはなっていない。またそれ以上に、作品全体の構造を問題にせずに、怪異の感覚的再現だけを理由に「悪夢的なおぞましい再話作品」「読む者に愛他の心を吹き込むといったこととは遠い、醜悪な話」と言いきる判断の根拠についても、疑問を感じる。

今、構造という少し大げさな言葉を使ったのは、たとえばこの「破られた約束」は、幽霊の殺人の場で作品が終わっているわけではないからである。つまり、物語の結末から米印で区切り、さらに括弧でくるという二重の、念入りな区分をほどこしたうえで、作品の書き手である「私」と、物語を語った「友人」が登場し、感想を語りあい、その対話でもって作品が締めくくられている。この「対話」を含めて読まないと、作中の残虐な描写の意図と効果も、ハーンの道徳的な「分裂」の問題も正しく分析できないだろう。

この対話は、ごく短い簡単なものだから、初版のリプリント版から原文のまま引かせていただく。

["That is a wicked story," I said to the friend who had related it. "The vengeance of the dead — if taken at all — should have been taken upon the man."

"Men think so," he made answer. "But that is not the way that a woman feels. . . ."

He was right.](4)

ハーンが時折りおこなう、こうした物語の末尾や途中での作者の登場と批評の書き入れは、実をいえば、日本の研究者の間であまり評判がよくない。平井呈一は恒文社版作品集の解説で「茶碗の中」や「伊藤則資の話」における説明の挿入を例にとりながら「まことにすっきりせず」「なくもがな」の「ぶちこわし」(5)と不満を洩らし、速川和男も「宿世の恋」の末段を例にとり「『怪談』の各作品に見られるような緊迫感を出すという点においてはマイナスに作用している」(6)と記している。

作者が作中に顔を出し、自分の書いている物語を茶化したり、批評を加えたりするのは、ロマン派作家の愛好した、いわゆるロマンティック・アイロニーなのだが、日本の伝統的物語文学にはほとんど用いられない技巧なので、西洋文学に親しんでいるはずの研究者でさえも、ハーンの日本時代の、とくに再話物語に用いられると強い違和感を覚えるらしい。

また、再話物語ではなくて、エッセイやルポルタージュ風の作品では、作者の登場は、異文化への注釈や解説を語るためであったり、ときには、迫真性を強めたりするためであったりして、なかなか手短にはまとめにくい複雑な使われ方をしている。わたしはかつて、こうした作者の登場は、フィクション、ノンフィクションの別なく、死者と霊への、あるいは死滅しつつある風俗習慣への直接的な鎮魂と慰霊の語りを差し挟むための工夫であると指摘し、そうした直接的な慰霊の語り口の存在が、海外と比べた場合の、日本におけるハーンの例外的な人気を支えているではないかと示唆したことがある[7]。

さて、話を「破られた約束」にもどそう。

この作品の末段で「私」の発した「ひどい話だ」という抗議の声は、どんな働きをしているのか。まさかハーンがこの話を筆記しおえて、本当に「ひどい」と思い、語り手に抗議したわけではあるまい。この作品における作者ハーンは、ここでひどくナイーブに演じているようなフォークロアの採集者、インフォーマントが語る言葉をそのまま筆記する記録者ではなくて、百パーセントの自由をもつ作家なのだから、「これはひどい」と思うなら、話の筋を変えるなり、描写を手加減するなり、いくらでも改変できたはずである。それをしないで、わざわざ「肉の落ちつくした右の手は、手首から離れながら、なおまさぐり、その指は、黄色い蟹の鋏が落ちた果物をしっかり摑んで放すまいとするように、ずたずたに裂かれた血まみれの首を、しっかりと握っていた」（池田美紀子訳⑻）などとハーンにしか思いつかない、シンシナティ時代に舞い戻ったかのようなセンセーショナルな描写をしてみせたのは、語り終えてから、読者とともに、「私」に「これはひどい」と非難の声をあげさせるためだった。つまり、この凄惨な描写は、その効果を完全に計算した上でのセンセーショナリズムであって、アメリカ時代のほとんど無意識・無目的に用いられていたデカダン的感覚描写とは一線を画するものだといえる。

「これはひどい」と書き手が声をあげることで、読者は作品の悪夢のような呪縛から解放され、作者は自身の物語を批評する自由を得る。これがロマンティック・アイロニーの典型的効果のひとつだが、こうして誕生した読者と作者の自由な批評空間で、復讐は約束を破った夫にすべきで、なんの罪もない後妻を殺すのは間違っていると、物語の倫理性と論理性が問題にされる（実はここに問題の巧妙なすりかえがある。読者が不快に思ったのは、後妻が殺されたことよりも、むしろ、その殺され方であり、その描かれ方にあったはずで、繰り返すが、それは、ここに登場した「私」が、いかようにも処理できたはずなのである）。

ここで「私」の声が代弁しているのは、西洋の読者一般の声、つまり西洋社会の倫理と論理であり、また、生きている者（現世）の倫理と論理である。また、さらにいえば、なんの罪もない（ように思える）後妻に同情する男の側の倫理と論理である。それに対し日本人と思われる物語のインフォーマント（英語圏読者から見れば異文化の側からの声）はこう反論する。

"Men think so," he made answer. "But that is not the way that a woman feels...."
「それは男の理屈で、女の気持ちは、それじゃすまない……」

境界は、とりあえずは、ジェンダーに設定されている。しかし、ここでハーンが読者に踏み越えさせようとしている境界線が、ジェンダーだけでないことはあきらかだろう。ふたたび「私」が読者の先回りをしてあげた声、一行空きで記された、He was right.「そのとおり。」というわずか三語のつぶやきが誘い込むのは、異文化の、死者の、女性の世界、そして、世俗的な倫理を超越する「至上の愛」という神話の世界である。

なんと単純な二元論なのだと、それを批判するのは容易である。しかし、ここでは、それだけの大仕事をわずか数行でなしとげてしまう、ハーンの超絶技巧に感心し、こうした技巧によらねば越境が難しかった時代に、ハーンは生きていたのだという事実を確認しておこう。

ここでハーンにきわめて特徴的で、おそらく文学的にも空前絶後と思えるのは、ロマンティック・アイロニーのうえに、異文化のフォークロアの採録現場という雰囲気を重ね合わせることで、作品の末尾に、異文化・生死・ジェンダーと幾重にも重なる重層的な境界線を作り出し、それを擬似的にまたがせることで、読者に濃密な越境感覚を体験させてしまうという、ハーンの実に不思議な、ほとんど呪術的といってもいい、語りのテクニックなのである。その擬似的な越境体験をへて、読者の心の中で、亡霊の立場にたっての物語の読み直しがはじまる。

そう、これほど残虐な殺人を犯したのは、ただひたすら夫を愛したため、この戦慄すべき行為のもとにあるのは、死後もつづく夫への純粋な愛だった。だからこそ、約束を破った夫に復讐できずに、後妻の前だけに現われ、理由を告げずにただちに家を出よ、ただし、自分を見たとは決して夫に告げてはならないと命じたのである。それは現世の者からみれば怨霊の理不尽な脅しにしか聞こえないかもしれないが、霊の立場からすれば、精一杯の妥協であり、きわめて合理的な解決策の提示であった。そして、それは夫とかわしたような明白な形の約束ではないが、耐え難い嫉妬に苦しみ、現世にさまよい出た亡霊からすれば、拒めるはずのない、破れるはずのない約束だった。しかし、わずか十七歳の後妻には、その重大な意味がわからなかった。家を立ち去らず、一部始終を夫に告げたばかりか、霊を威嚇し退散させるための護衛さえ侍らせてしまった。この作品で、幽霊を本当に怒らせたのは、夫の破約ではなく、この後妻の破約、夫の愛は自分のほうにあるという無意識の誇示と挑発であった。

ここまでくると、読者には哀れな犠牲者にしかみえなかった十七歳のあどけない後妻は、いくつもの決定的な間違いを犯していたことがわかる。それは死者への冒瀆、霊への挑発、そして「妻」という同性同職への無知・無理解であった。それらは夫という異性の犯した罪とは比較にならない、重い、許し難い罪であった。

そうした読み替えをへて、文末の三語は読者の心の中で、He was right から She was right へ、そして、最後に、You were right と直接、霊を慰める言葉にかわってゆく。

それにしても、やはりこれはハーンの怪談のなかでも異例の作品である。それは、繰り返しになるが、物語の筋書きと描写が陰惨すぎるということではなくて、その用いられ方が——読者の恐怖・嫌悪・反撥を煽るだけ煽っておいて、それから一転して同情と憐れみに誘いこむ、その変化の度合いと速さが——尋常ではないという意味においてである。その振幅の速さと大きさは、肝心の読者さえも置き去りにしかねないものだった。

ハーンのこの激しく強い感情は、いったい何に由来するのだろうか。

それを探るために、ハーンの残虐な作品として定評のあるもうひとつの作品「因果話」を見てみよう。

死の床に伏している大名の奥方が夫に最後の願いを口にする。それは側室の雪子をここに呼び、その背に負われて庭の桜を眺めたいというものだった。願いはかなえられ、奥方は雪子の背に乗るが、そのとたん、奥方は腕を雪子の胸にまわし、彼女の乳房をわしづかみにして、高らかに笑い、事切れてしまう。しかも、不思議なことに奥方の手はなんとしても雪子の乳房をはなそうとはせず、ついには、医師が呼ばれ、手首を切断するのだが、それでも切り離された手は、雪子の乳房をつかんではなさない。そして、萎びて血の気も失せているかにみえても、その手は死んではいなかったのだ。折にふれ、二つの手はうごめいた――ひそかに、大きな灰色の蜘蛛のように。それから後というものは、夜な夜な――必ず丑の刻になると――手は絡まり、締め付け、責めさいなむのだった。（牧野陽子訳[9]）

雪子は髪をおとし尼となり十七年各地をさまよい、その後、行方知れずとなる。

これもまた一人の男をめぐる二人の女の嫉妬と祟りの物語で、体から切り落とされた手が、生き物のように、相手の体を責めさいなむという、描写まで似通っている。「因果話」における切り離された手の活躍については、牧野陽子にモーパッサンの短編「手」からの影響ではないかとの示唆があるが[10]、同じことを「破られた約束」に指摘してもいいのかもしれない。この「責めさいなむ手」という共通項をはずしても、「因果話」と「破られた約束」がひとつ主題の変奏であることに間違いはない。この二作の刊行は、「破られた約束」が一九〇一年、「因果話」が一八九九年（『霊の日本』）と二年しか隔てていないので、どちらが先に執筆されたのかはわからないものの、一方がもう一方に影響を与えた可能性も排除できないだろう。

ここで何よりも注目されるのは、祟る前妻（本妻）、祟られる後妻（側室）、そして、そのはざまで身の凍るような恐怖を体験しながらも、許され命ながらえる夫という構図がきれいに反復されている点、そして、ハーンが、この構図においてのみ、さらにいえば、一見、無罪のように思える後妻・側室に対してのみ、「凄惨さを求める」描写をこころみている点なのである。

そして、この構図はこれほど明確な形ではないが、ほかのいくつかの作品でも踏襲されている。たとえば「お貞の話」。これは物語の筋書きだけ読むと、「破られた約束」や「因果話」などの怨霊話とはまったく別系統の美しい転生譚、倫理的にも非の打ち所のないラブ・ストーリーに思えるかもしれない。

昔、越後の国の医師長尾杏生《きょうせい》という若者の許嫁にお貞という娘がいた。お貞は、しかし、十五のとき不治の病に冒され、その臨終の床で、杏生に自分はきっと再生するのでほかの女をめとらずに待っていてほしいと約束させる。杏生はその後、まわりから勧められるままに妻をむかえ子も生まれるが、やがて父母を亡くし、妻子にも先立たれてしまう。杏生は悲しみを忘れるために家を捨てて旅に出るが、その旅先の伊香保で転生したお貞に巡り会う。お貞が死んでから十七年後のことであった。

しかし、これは原話を見れば明らかなのだが、お貞は本来、怨霊であって、その点に注意して読むと、この物語は、「破られた約束」や「因果話」と同じく、前妻が後妻に祟り復讐する怨霊譚と分類することも可能なのである。

「お貞の話」とその原話である石川鴻斎の「怨魂借体」との比較については、すでに平川祐弘に詳細な論考があり(11)、わたしもその再論を書いているので(12)、ここではできるだけ簡単に記すが、原話でお貞は、若き杏生に恋した遊妓で、杏生の父親に仲をさかれ、恨みをのんで死ぬが、後年、杏生に祟り、逆に説き伏せられて、年老いた杏生のためにこの世に再生し、妾となって嗣子を産み、本妻の没後、その妻になおる。怖いというより、なにやらめでたい怪談である。

漢学者鴻斎が徹底的に儒教化してしまったために、とんでもなく不思議な話になっているが、お貞がもともとは怨霊であったことに間違いはない。ハーンは再話するにあたり、お貞が怨霊であることを表面上はきれいに消し去ってしまったが、それでもよく読むと、これは鴻斎の儒教訓話より遙かに怖い怪談なのである。ハーンの「お貞の話」では、杏生は、お貞の臨終の場で、結婚せず、あなたの再生を待つと、はっきり約束している。そして杏生は、お貞の再生をまたず、妻を迎え、子供までつくってしまったのだから、その約束はものの見事に反故にされたことになる。つまり「お貞の話」は「破られた約束」と同じく破約の物語なのだが、表向き、お貞はその破約に対し、なんの恨みもいわず、復讐もしていない。しかし、その破約ののちに起こった出来事は何であったのか。

During those years many misfortunes came upon him. He lost his parents by death — then his wife and his only child. So that he found himself alone in the world.(13)

あまりにもそっけない語りで、つい読み飛ばしてしまいがちだが、ここで杏生の破約にかかわるすべての者が、病名も死因も告げられぬまま、消し去られているのである。まるで、お貞の再生の邪魔になる者は生存を許されないとでもいうかのように。

「お貞の話」は、明らかに二つの声で語られた二重の物語である。ひとつは、明るく澄んだ声で語られるラブ・ロマンス。お互いを思い続けたがゆえに、死を乗り越えて結ばれた許嫁たちの幸せな結婚の物語。しかし、その背後には、低いひそやかな声で語られる復讐の物語が隠されている。その破約にかかわったという、ただそれだけの理由で、名前も与えられないまま物語から消し去られてしまった「両親」と「妻」そして「ただ一人の子」の受難の物語。この低音部に耳を澄ませたとき、「お貞の話」は「破られた約束」や「因果話」に勝るとも劣らない残酷な復讐譚に変貌する。

祟る前妻、祟られる後妻、そして、そのはざまで身の凍るような恐怖を体験しながらも、許され命ながらえる夫という構図は、前妻が婚約者へとすこし形を変えただけで、基本的には、ここでもまたきれいに反復されている。

お貞は並外れた力をもった魔女で、杏生の妻として再生するために、あらゆる準備をひとりで成し遂げてしまったようだが、夫と引き離されたすべての女が、これほどの霊力に恵まれているわけではない。たとえば「和解」(『影』)の女など、かわいそうなほど非力である。貧しいという、ただそれだけの理由のために離別され、その悲しみのために世を去った女にできたことは、たった一晩だけ、醜く屍《しかばね》をさらした茅屋《ぼうおく》のなかで、夫を生前の姿で迎えることだった。

この圧倒的な可憐さの背後に埋もれがちだが、「出世の手蔓」として「多少は由緒のある家」だからという理由でめとられ、金に余裕ができるや「利己的で性格もけわしい」「子供がない[14]」と実家に送り返されてしまう後妻も、ずいぶん気の毒ではある。この作品では、後妻もまた前妻同様、離縁されてしまっているので、前妻が後妻に祟る理由はないのだが、それでも祟られたとしか思えないほど、無慈悲で冷酷な扱いである。ただし、この作品で前面に突出しているのは、前妻と後妻の敵対関係ではなくて、「身の凍るような恐怖を体験しながらも、許され命ながらえる夫」のほうである。そのために、許された夫に対する読者の不満と批判は極度に高まり、ついには、女は和解するとみせかけて、実は男に復讐するために現われたのではないかという復讐説[15]まで生み出されてしまったように思える。

この復讐説が、厳密なテキスト解釈からすればありえない説であることは、前記の平川論文の指摘するとおりであるが、これまで見てきたような、この主題の展開から考えても、やはり、妻が意図的に復讐したのだとは考えにくい。この「和解」の夫は、前非を悔いて、後妻を離縁し、自ら和解を求めてやってくるのであるから、前妻の目から見れば、「破られた約束」や「因果話」の夫はもちろんのこと、見方によれば「お貞の話」の長尾杏生よりも、遙かに好ましい人間だった。ここに、あれほど残酷な仕打ちをうけた女が許しをあたえ、和解の成り立つ余地があるのだが、その和解が、今生ではなく、生死の境界線上でただ一夜だけ実現したこと、しかも、その奇跡をもってしても、世俗的な男が知り得たのは愛の尊さではなく、死への恐怖と失望と喪失感であったこと、ここに「和解」の優れた悲劇性があるのだと思う。

離別された女たちの悲しみを察し、理解することにかけて、ハーンはおそるべき感度のセンサーの持ち主だったが、そこに物語としての決着をつける段になると、彼の裁きの天秤はバランスを狂わせがちであったように思う。「和解」の女が復讐のためにこの世に現われたという復讐説に、わたしは「和解」の高い芸術性を信じるがゆえに賛成しないけれども、そう思わなければ、夫への罰があまりにも軽すぎて感情的に納得できないという多数の読者の不満にも同意する。

ここでもう一度、「破られた約束」に戻り、作品末尾の作者の声に耳を傾けてみよう。「これはひどい話だ、もし復讐するというならば、女は約束を破った夫に対してすべきだ」と物語を非難する声は、はじめに述べたように、前妻の残虐な復讐に理解と同情をうながすためのものだった。しかし、それは同時に、「和解」では期せずして噴出してしまったような、男への甘い裁きに対する不満をしずめ抑える働きもしているのである。

しかし、ハーンはなぜそこまでして男を守り、かばうのか。なぜ、ハーンは同じ主題の執拗な変奏のなかで、一貫して、男を許し、生かしつづけているのだろうか。自分が男だから？　もちろん、それはあるだろうが、それだけとは思えない。ここで最後にもう一話、この系統の物語をとりあげておく。「死骸にまたがった男」（『影』）である。

ここでは、離別された悲しみでこの世を去った妻は、「和解」とは異なり、ただ、ひたすら男に復讐するために、夫の帰りを待ちかまえている。夫もまた、復讐をまぬがれるすべがないことを悟り、陰陽師の知恵と策にすがる。そして、一晩、女の背にまたがり、夜の町を疾走するという恐怖の体験をへて、女のうらみを無事のがれる。物語の最後で、ふたたび、作者が登場し、物語の結末に不満をもらす。

この物語の結末は、道徳的に考えて、どうにも私には納得がいかない。死骸にまたがった男が気が狂ったとも、髪の毛が真白になったとも書かれてはいないのだ。「男、泣ク泣ク陰陽師ヲ拝シケリ」としか記されていないのだ。(仙北谷晃一訳[16])

もうわたしたちはこの作者の声にとまどう必要はないだろう。ここでもまた男は、不当に許されている。不当だ、おかしいと作者その人が抗議の声をあげることで、女の霊を慰め、読者の不満を抑え、その結果として、男は守られ、許され、生かされているのである。要するに、この「私」は、物語に公正な裁きを下す裁判官ではなくて、争いを止めるための仲裁者のように思われる。少々強引で場違いであることを覚悟しながら、一度は愛を誓い合った男女の争いを、見るに見かねて飛び出してくる仲裁者。しかし、それがなぜ「私」という一人称の語りをとるのか。

離別された悲しみで、男を背にのせ夜の町を疾駆する屍。後妻の首をもって庭の藪中で浮かれ騒ぐ先妻の霊。切り離された手となっても妾の乳房を責めさいなむ奥方。破約にかかわったすべての人間を抹消し、妻となるために転生する少女。そして、「和解」を求める夫のために一夜かぎりの復縁をこころみる女房。これらの女のなかに、ハーンは実在の、あるいは芸術上の、さまざまな女の面影を重ね合わせていたのだろうが、しかしここに彼がもっとも強く探し求めていたのは、亡き母の面影ではなかったのか[17]。よく知られるように、ハーンの母ローザは、父チャールズが別の女性を妻に迎えるために、不当な理由で離縁され、子供をイギリスに残したまま故郷のギリシャに戻り、最後はコルフ島で狂死している。だとすれば、そうした物語のなかで災いの根源にいる男たちが許されているのは、それがハーンの同性であるからというよりも、それが、母の愛した男、母が自分の精神を損ねるほど愛していた父の写し絵だったからだろう。

それが父と母との争いであるなら、そこに「私」が仲裁役として登場することは、ごく自然なことで、特別な説明はなにもいらない。さらにいえば、「私」が登場する余地がない場合でも、彼はこっそりと作中にもぐりこみ、前妻の子供という不可視の立ち位置から、父を奪った女やその子供を厳しく罰し、母の気持ちを慰め鎮めるとともに、父を生きながらえさせ、母への謝罪と和解を示唆・画策しつづけていたのではなかろうか。事実、そうだとすれば、これはハーンが物語として書き留めた怪談以上に、不思議で美しく、悲しく傷ましい仲裁《とりなし》の物語であるように、わたしには思われる。

注

小泉八雲と日本の民話

（1）http://www.nichibun.ac.jp/YoukaiDB2/search.html

（2）胡桃沢友男「白馬岳の雪女郎」『あしなか』（山村民俗の会）二一三号（一九八九年十月）一一頁

（3）小泉一雄『父「八雲」を憶ふ』警醒社、一九三一年、一一六頁。

（4）村松眞一「ハーンの「雪女」と原「雪女」」『八雲』（小泉八雲顕彰会）一一号、七一―一〇頁。

（5）村松のほかに、中田賢次も「「雪女」小考」（『へるん』一九号、一九八二年）、「「雪女」小考（つづき）」（『へるん』二〇号、一九八三年）などで、同様に白馬岳の雪女伝説をハーンの原拠と推定している。ただし、後に発表した「ラフカディオ・ハーン点描（七）」（『へるん』三七号、二〇〇〇年）では、「もさく」「みのきち」の翻字や、バレット文庫の草稿調査など、新たな考証の結果を踏まえ、その判断を保留に近い態度にあらためているように思える。

（6）牧野陽子「ラフカディオ・ハーン「雪女」について」『経済研究』（成城大学）一〇五号（一九八九年）、一一九―一二〇頁。なお同論文は、平川祐弘編『小泉八雲　回想と研究』（講談社学術文庫、一九九二年）に「「雪女」――世紀末〈宿命の女〉の変容」として収録されている。

（7）青木純二『山の伝説　日本アルプス篇』丁未出版、一九三〇年、九七頁。以下、同書からの引用は本文中に頁数のみを記す。

(8) 平川祐弘編『怪談・奇談』講談社学術文庫、一九九〇年、八一頁。以下、本書からの「雪女」の引用は本文中に頁数のみを記す。

(9) ハーンの「雪女」の翻案としては、青木純二よりもさらに古いものがある。大塚礫川「伝記物語　雪女」で、これはもともと一九一八年二月に博文館の『家庭雑誌』(一二一―一三三頁)に発表されたもので、現在は志村有弘編『怪奇・伝奇時代小説選集四　怪異黒姫おろし　他一二編』(春陽堂、二〇〇〇年)にも収録されている。元の雑誌のほうにも春陽堂版の解説にも、出典についての注記はないが、内容からみて、明らかにハーンの「雪女」に依拠した翻案である。これは表題にいう通りの「伝奇物語」で、口碑あるいは土地の伝説を「採話」したものとはされていないので、この論文の考察の対象とはならないものの、ハーンの「雪女」の翻案としては、わたしの知るかぎり、これがもっとも古いものである。

舞台は、上野国利根郡武尊《ほたか》山の麓の針山《はりやま》村、喜作と茂市という炭焼きがある日、山中で吹雪に襲われ云々、と物語は、おおむねハーンの原作どおりに進行する。その共通点と変更点を細かく検討するまでもなく、これが青木同様、ハーンの翻案であることは、以下の雪女のセリフを英語原文と引き較べてみるだけで明かだろう。

「私は此の老人と同じやうに貴方を待遇《あしら》はうと思ひました。けれども若い貴方をお気の毒にね――いいえ、それかと云うて私は些《すこ》しも貴方を愛さうなどとは思ひません。茂市さん、貴方は可愛いお方ね、私は今貴方をどうもしやしませんが、」(一二三頁)

I intended to treat you like the other man. But I cannot help feeling some pity for you, — because you are so young.... You are a pretty boy, Minokichi; and I will not hurt you now. (*The Writings of Lafcadio Hearn*, Boston & New York, 1922, vol. XI, 227.)

ちょっと不思議なのは、セリフの中段が意味不明なことで、ここは原文からは「けれども、お前はあんまり若いから、殺すのはかわいそうになった」くらいになるのだが、それがどうして「貴方を愛さうなどとは思ひません」となるのか？

面白いことに、このくだりは、一九一〇年に刊行された高濱長江（謙三）訳『怪談』（すみや書店）でも同じようにおかしな訳になっている。

「私は外の方のやうに貴郎《あなた》を待遇《あしら》はうと思ひました、けれども貴郎が剰《あま》り若いから——貴郎に懸想しやうとは思はない…………箕作《ママ》さん、貴郎は綺麗な子供《おこ》ね。私は今、貴郎をドウもしやしません。」（一〇一頁）

"cannot help feeling some pity" という表現は、明治・大正の人にとっては、やや難しい慣用句だったのかもしれない。あるいは、礫川は、英語原文ではなく、高濱訳を参照していたのかもしれない。いずれにせよ、礫川の文章は、そうとう手慣れていて、

「空を摩《ま》すばかりに立ち並んだ大杉の密林、それは此の山ができてから一度も斧を入れたことがないと云はれてゐるだけに、山に生活してゐる者には「恐ろし処」と名によばれて、一の難所となつてゐる。その栗の木沢を喜作と茂市が懸命に通り抜けようとする時分は、枝を鳴らす雪おろし、山を動かす雪崩の響き、笠も蓑も雪にとられ、我慢にも剛情にも前へは一足も運べぬやうになつた。喜作と茂市の両人は、

「これぢや迚《とて》も足掻《あが》きがならねえ、そこらの小屋で一休みして雪のやむのを待たう」」（一二三－一二四頁）

と、セリフの江戸訛りはご愛敬として、なかなかの名調子だ。冒頭におかれた日本《やまと》武尊《たけるのみこと》東征の挿話、尊に愛された姫君をまつる上妻明神、その王子をまつる巌鼓権現のいわれ、そして「その上妻明神の侍女が

幾人となく雪女となつて、大雪の降る日には山へ出るなどとも云はれてゐた」（一二三頁）という伏線も、それなりに効いている。礫川は、当時、小石川あたりに居住していた、多少は名の知れた文士の変名なのかもしれない。

礫川の物語は、ハーン「雪女」の翻案としては、圧倒的に古く、しかも、出来は悪くないのに、これがさらに再話されたり、口碑化した形跡は、わたしの調べたかぎりでは、存在しない。これを青木の『山の伝説』や村沢武夫の『信濃の伝説』といった、単行本の影響力の大きさと較べると、同じ活字化とはいえ、雑誌記事の後世への影響力というのは、きわめて限定的なものだったらしい。

(10) 中田賢次『小泉八雲論考――『怪談』を中心として』私家版、二〇〇三年、六一頁。
(11) ラフカディオ・ヘルン著、本田孝一訳註『英文妖怪奇談集』秀文館、一九一一年、一二三頁。
(12)『小泉八雲全集』第七巻（学生版）第一書房、一九三一年、一二五八頁。
(13) 中田賢次『小泉八雲論考――『怪談』を中心として』三六七頁。
(14) 田部隆次『小泉八雲』北星堂、一九八二年、二三一頁。
(15) たとえば先にあげた大塚礫川の翻案では、炭焼きの名は、ハーンの茂作と巳之吉をもじっただけの、喜作と茂市で、どちらの名にもこれといった個性的な響きがないので、物語がひどく読みにくくなっている。
(16) 阿部敏夫「和人のアイヌ文化理解について――事例その1　青木純二『アイヌ伝説』」『環オホーツク――環オホーツク海文化のつどい報告書』No.1（一九九四年）六三―七三頁。
(17)『新聞人名辞典』第二巻（日本図書センター、一九八八年）所収のリプリント版を使用。
(18) これは捏造とは別次元の問題であるが、伝説や昔話の再話において、一般的にその出典が明記されることがきわめて少ない。そして、青木純二の捏造した雪女伝説が本物の伝説として流布してしまう背後には、まちがいなく、この悪癖があった。児童文学作家の坪田譲治は、柳田国男から「昔話はお国のものだから遠慮しなくていい」といわれたことを理由に、昔話や伝説の再話に出典を記さなくなったという。この傾向は口碑の記録・再話ではさらにひどくなる。こうした風潮について、高森邦明は「昔話を「お国のもの」ということで、話を伝えてきた者、それを記録し整理した者を無視することは適当でない。なぜなら、原話とされるものも結局は一つの再話だからである」と厳しく批判している。高森邦明「富山民話読み物考――松谷みよ子の再話その他」『富山大学教育学部紀要』二四号（一九七六年）一一―二一頁。

(19) 青木純二『アイヌの伝説と其情話』富貴堂、一九二四年、はしがき。

(20) 山本多介『阿寒国立公園とアイヌの伝説』日本旅行協会、一九四〇年、一一頁。泉靖一「マリモの伝説」『遺伝』九巻八号（一九五五年十一月）一〇―一一頁。煎本孝「まりも祭りの創造――アイヌの帰属性と民族的共生」『民族学研究』（日本民族学会編）六六巻（二〇〇一年）三二一頁。森由美「アイヌ伝説――マリモ伝説について」(http://web.archive.org/web/20060117225640/www.kgef.ac.jp/ksjc/ronbun/880340y.htm)。

(21) 巌谷小波編『大語園』第七巻、平凡社、一九三五年、五七五―五七六頁。

(22) 村沢武夫『信濃の伝説』山村書院、一九四一年、一四五頁。

(23) 村沢武夫『信濃伝説集』一草舎、二〇〇八年、二八一―二八二頁。

(24) 村沢武夫『信濃伝説集』一頁。

(25)『松谷みよ子の本』第十巻、講談社、一九九六年、一九九―二〇〇頁。

(26) 松谷みよ子『自伝　じょうちゃん』朝日新聞社、二〇〇七年、二二三頁。

(27) 未來社のホームページ（会社案内　未來社の歩み）(http://www.miraisha.co.jp/mirai/company/history.html)。

(28) 松谷みよ子・瀬川拓男『信濃の民話』未來社、一九五七年、一七〇―一七一頁。

（29）『松谷みよ子の本』第七巻、講談社、一九九六年、四八一頁。
（30）『木下順二集1』岩波書店、一九八八年、二八一頁。
（31）平川祐弘編『小泉八雲事典』恒文社、二〇〇〇年、九八頁、一五八頁、一八五頁、四五二頁の各記事による。
（32）木下順二「小泉八雲先生と五高」『木下順二評論集1』未來社、一九七二年、一五一―二〇八頁。
（33）なお、創作童話の傾向が強いので、松谷の多くの童話版同様、冒頭の白馬岳の雪女伝説の文献リストには加えなかったが、児童文学作家の西山敏夫が、一九七二年に「少年少女　日本の民話・伝説　四」の『人買い船・雪おんな・ほか』（偕成社）に発表した「雪おんな」という作品がある。冒頭だけみれば、これは、白馬岳の茂作・箕吉親子を主人公とした、まぎれもない白馬岳の雪女伝説なのだが、それ以降は、ハーンの「雪女」のみに依拠した、松谷とはまったく違う形での、つぎはぎの再話である。したがって松谷の再話では姿を消している箕吉の母親が、この作品では、ハーンの原作同様、大きな役割を果たしている。松谷の再話とあわせて考えてみると、「雪女」は、伝説口碑化するにつれ、ハーンの物語を離れていくのに対し、童話としての芸術性を追求していくと、必ずハーンの原作に戻るという、面白い傾向がみえてくる。
（34）青木純二「日本アルプスの伝説」『太陽』三〇巻九号（一九二四年七月一日）一二〇―一三〇頁。
（35）『松谷みよ子の本』別巻、講談社、一九九七年、五二三―五二四頁。
（36）坪田譲治編『ふるさとの伝説（東日本編）』あかね書房、一九六〇年、三二―三七頁。
（37）柳田国男が昔話の再話について坪田譲治に助言として言った言葉。高森邦明「富山民話読み物考――松谷みよ子の再話その他」一三頁。
（38）小泉一雄『父「八雲」を憶ふ』二六二頁。

(39) 小泉一雄『父「八雲」を憶ふ』二二一―二二二頁。
(40) 田部隆次『小泉八雲』一九五頁。
(41) 平川祐弘・牧野陽子編『講座小泉八雲Ｉ　ハーンの人と周辺』新曜社、二〇〇九年、六六八頁。
(42) 『講座小泉八雲Ｉ』六九二頁。
(43) 田部隆次『小泉八雲』ix頁。
(44) 速川和男『小泉八雲の世界』笠間書院、一九七八年、四五頁。
(45) 速川和男『小泉八雲の世界』九四頁。
(46) 平川祐弘「江戸風怪談から芸術的怪談へ――石川鴻斎・ハーン・漱石」『オリエンタルな夢――小泉八雲と霊の世界』筑摩書房、一九九六年。遠田勝「転生する女たち――鴻斎・ハーン・漱石再論」『講座小泉八雲Ⅱ　ハーンの文学世界』新曜社、二〇〇九年（本書に再録）。
(47) 速川和男『小泉八雲の世界』九五頁。小泉一雄『父小泉八雲』小山書店、一九五〇年、一九一頁。
(48) 武田雪夫訳『雪おんな』童話春秋社、一九五〇年、一六八―一六九頁、一七四頁。
(49) 国立教育研究所附属教育図書館編『国定教科書内容索引　尋常科修身・国語・唱歌篇』広池学園出版部、一九六六年。
(50) 田坂文穂編『旧制中等教育国語科教科書内容索引』教科書研究センター、一九八四年。
(51) 国立教育研究所附属教育図書館編『中学校国語教科書内容索引』（上巻　昭和二四―六一年度）教科書研究センター、一九八六年。
(52) 雨宮裕子「異類婚の論理構造」小松和彦編『昔話研究の課題』名著出版、一九八五年。
(53) 藤原万巳「増殖する雪女――「雪女」小論」『ユリイカ』一九九五年四月、二八九頁。
(54) 平川祐弘編『怪談・奇談』八四頁。以下、平川訳の引用は、本文中に頁数のみを記す。

(55) 牧野陽子「ラフカディオ・ハーン「雪女」について」九四頁。
(56) こうした構図がハーンの文学で反復して用いられることについては、大澤隆幸「雪女はどこから来たか」『国際関係・比較文化研究』(静岡大学) 四巻一号、七二頁を参照。
(57) 拙訳の引用は、兵庫県立美術館ネットミュージアム (http://www.bungaku.pref.hyogo.jp/kikaku/harn/h_tegami/h_tegami.html) による。
(58) 平川祐弘『小泉八雲　西洋脱出の夢』新潮社、一九八一年、四四―四五頁。
(59) 藤澤衛彦『日本伝説研究』第二巻、六文館、一九三一年、一一三頁。
(60) 平川祐弘『小泉八雲　西洋脱出の夢』二二一頁。
(61) 稲田浩二・小澤俊夫編『日本昔話通観』第七巻、同朋社、一九八五年、四四四―四四七頁。
(62) 稲田浩二編『富山県明治期口承文芸資料集成』同朋社、一九八〇年、四六七頁。
(63) 東洋大学民俗研究会『昭和四九年度調査報告　小平の民俗』一九七五年、二八四―二八五頁。
(64) 稲田浩二・小澤俊夫編『日本昔話通観』第八巻、同朋社、一九八六年、三八二頁。
(65) 高崎正秀「雪女の話」『書物の王国一八　妖怪』国書刊行会、一九九九年、二六三頁。
(66) 小澤俊夫ほか編『新装　日本の民話　五　甲信越』ぎょうせい、一九九五年(初版　一九七九年)、二一二―二一四頁。なお話者の青柳ゑいは、一九〇二年生まれ、山梨県市川大門町の人。
(67) 磯部定治『ふるさとの伝説と奇談(下)』野島出版、一九九九年、七九―八四頁。小山直嗣『新潟県伝説集(中越篇)』恒文社、一九九五年、一三八―一四〇頁。なお、磯部も小山もほかに地方の伝説、歴史に関する著書や記事が多数あり、そちらでもこの伝説は紹介されていることと思う。わたしが確認したものとしては、小山直嗣編『越後佐渡の伝説』(第一法規出版、一九七五年、一二一頁) と磯部定治「湖底半世紀の夢――銀山平四〇〇年の変遷　六七(銀山平の雪女)」(『越南タイムズ』三一一五号 (二〇一〇年十一月十一日)、第四面)の二例がある。なお、『越南タイムズ』のバックナンバー閲覧にあたっては、越南プリンティングの岩田直彦氏より破格のご厚意を得た。ここにお礼申し上げる。

(68)『越南タイムズ』二八四号(一九五六年一年一月一日)。

(69)鈴木直『越後の国雪の伝説』長岡目黒書店、一九四二年、九二頁。

(70)この吾作系「雪女」の初版・一九四二年、再話・一九四四年という出版年は、村沢武夫の「雪女郎の正体」の初版・一九四一年、再版・一九四三年とちょうど一年違いである。だとすると、村沢の杜撰としか思えない語りの一部、たとえば茂作殺しの場面の欠如などは、検閲を配慮したものなのかもしれない。

(71)大竹修一「遠野の昔話を聴く」『会津の民俗』(会津民俗研究会)九号(一九八九年三月)三八頁。

(72)「昔話とわたし」(鈴木サツ・聞き書き)、小澤俊夫・荒木田隆子・遠藤篤編『鈴木サツ全昔話』鈴木サツ全昔話刊行会、一九九三年。以下、この本からの引用は、本文中に頁数のみを示す。

(73)小澤俊夫「語り手の心の記録——鈴木サツさんの全昔話集によせて」『鈴木サツ全昔話』三七一頁。

(74)方言で語るということが、それだけで過去の言語空間に移行することを意味しないのは、たとえば、この章の冒頭で紹介した遠藤登志子の「雪女」をみれば明らかだろう。ここでは全編が方言で語られているものの、その内容は、洗練された子供へ愛情と仕草に彩られた、近代的な「民話」と「童話」の世界であって、それは、基本的には、松谷が創始した芸術世界のヴァリエーションである。

漱石「第一夜」を読む

(1)桶谷秀昭『夏目漱石論』河出書房新社、一九七六年、八八頁。

(2)佐々木充「『夢十夜』解析」『帯広大谷短期大学紀要』八号(一九七〇年)七九頁。

(3)三上公子「「第一夜」考——漱石『夢十夜』論への序」『漱石作品論集成』第四巻、桜楓社、一九九一年、二五六頁。
(4)越智治雄『漱石私論』角川書店、一九七四年、一二七―一二八頁。
(5)柄谷行人『漱石論集成』第三文明社、一九九三年、七三頁。
(6)石原千秋「『夢十夜』における他者と他界」『夏目漱石Ⅲ』有精堂、一九八五年、八六頁。
(7)古井由吉「凝滞する時間」『文学界』一九九三年七月、一一五頁。
(8)島田雅彦『漱石を書く』岩波書店、一九九三年、八四頁。
(9)石井和夫「『夢十夜』の構成と主題」『漱石研究』一号(一九九三年)一四三頁。
(10)同前。
(11)笹淵友一「夢十夜」『漱石作品論集成』第四巻、桜楓社、一九九一年、二七九頁。
(12)相原和邦「『夢十夜』論の構想」『近代文学試論』一五号(一九七六年)二頁。

転生する女たち

(1)平川祐弘『オリエンタルな夢――小泉八雲と霊の世界』筑摩書房、一九九六年。
(2)平川祐弘『オリエンタルな夢』一八二頁。
(3)平川祐弘編『小泉八雲　回想と研究』講談社学術文庫、一九九二年、二八七―三一七頁。
(4)平川祐弘『オリエンタルな夢』一九四頁。
(5)小森陽一『〈ゆらぎ〉の日本文学』日本放送出版協会、一九九八年、七六頁。
(6)小森陽一『〈ゆらぎ〉の日本文学』七五頁。
(7)小倉斉・高柴慎治訳注『夜窓鬼談』春風社、二〇〇三年。
(8)ロバート・キャンベル校注『漢文小説集』(新日本古典文学大系　明治編)岩波書店、二〇〇五年。

（9）ロバート・キャンベル「在野十年代の視程――儒者石川鴻斎年譜稿抄」国文学研究資料館編『幕末・明治期の国文学――明治開化期と文学』臨川書店、一九九八年。
（10）キャンベル『漢文小説集』二九四頁。
（11）キャンベル『漢文小説集』五六一―五六二頁
（12）張偉雄『文人外交官の明治日本――中国初代駐日公使団の異文化体験』柏書房、一九九九年。
（13）齋藤希史『漢文脈の近代――清末＝明治の文学圏』名古屋大学出版会、二〇〇五年。
（14）この「怨魂借体」は「友人青木氏」に聞いた話とあり、キャンベルの注によれば、これは実在の友人の可能性もあるとのことである。その一方で杏生には鴻斎その人を思わせる描写もある。たとえば、この家督を義弟に譲るくだりにしても、「家業であった醸造業を二十六歳で義弟に譲」った（キャンベル『漢文小説集』五五六頁）鴻斎自身を思わせるし、また、『夜窓鬼談』の出版後のことではあるが、一八九五年の『読売新聞』記事には「石川鴻斎翁近頃耳を患いて会談頗る不便なり」（小倉・高柴『夜窓鬼談』二七四頁）とあるそうだから、お貞の祟りも自身の持病を転用したのかもしれない。
（15）キャンベル『漢文小説集』五六一頁。
（16）青少年に妾の話はどうかと思われるかもしれないが、明治十年代には、鴻斎と中国初代中日公使団の間で盛んに「買妾論」が交わされていて、鴻斎は黄遵憲から「東京の女性の中で、剣道ができ、豪傑で、漢文も分かるような人」がいたら、妾として「美醜老若は気にしないから、斡旋してくれないか」と頼まれていた（張偉雄『文人外交官の明治日本』八三頁）。黄遵憲も鴻斎も、妾については色欲第一には考えておらず、したがって外聞をはばかる必要も認めていなかったようである。
（17）小倉・高柴『夜窓鬼談』八頁。
（18）平川祐弘『小泉八雲　西洋脱出の夢』新潮社、一九八一年、二二一頁。牧野陽子「「雪女」――世紀末

〈宿命の女〉の変容」平川祐弘編『小泉八雲　回想と研究』講談社学術文庫、二四一頁。
（19）*The Writings of Lafcadio Hearn* (Boston and New York, 1922), XI, 180.
（20）*The Writings of Lafcadio Hearn*, XI, 180.
（21）*The Writings of Lafcadio Hearn*, XI, 182.
（22）*The Writings of Lafcadio Hearn*, XI, 179.
（23）田部隆次『小泉八雲』北星堂、一九八二年、二三六頁。
（24）もちろん、許嫁として未婚のまま死んだお貞を「前妻」とし、その後、杏生がめとった妻を「後妻」というのは厳密にいえば正しくない。また作中で、杏生の家族の死が、お貞の祟りとして明示的に描かれているわけでもない。しかし、いくらハーンがそしらぬ顔をしていても、鴻斎の原作にはない子供の誕生をわざわざ付け加えておいて、その子を殺しているのだから、お貞の祟りかどうかは別問題として、作者ハーンの心のなかに杏生の妻子への同情がほとんどなかったことは明らかだろう。

そもそもハーンはなぜ怪談においてファミリー・ロマンスを追求したのか。それが幼年期の家庭喪失の体験に由来し、その原因を彼が父母の離婚――というよりも一方的に父親が母親をすてて別の女性と再婚してしまったことに見ていたのは疑いようのない事実である。その「後妻」の子供たち、つまりハーンにとっての異母妹たちとは失われた家族の情報を求めるために、日本時代に文通をしているが、ある時点で、神経にさわり耐え難いという理由から交際を絶ってしまったこともよく知られた事実である。

「お貞の話」は見る角度を変えると、前妻が後妻と子供を殺し、夫と家庭を取りもどす物語としても読める。それは禁忌と懲罰という説話の構造によるのだが、ハーンの心理の奥底に潜んでいた衝動によるものとしても説明できるだろう。

ハーンの怪談のなかで、前妻が後妻をとり殺す話としては、本文中にも言及した「破られた約束」が有名であるが、ここで注意しておきたいのは、物語がおわってから登場する「作者」の「私」と「語り手」の「友人」の会話である。つまり、物語のあまりにも凄惨な内容に、作者その人が、これはひどい（wicked）話だ、どうしても祟るというなら、約束を破って再婚した夫に祟ればいいので、罪のない後妻を取り殺すのは筋違いじゃないかと抗議の声をあげる。すると、その物語を語った「友人」から「それは男の考えで、女はそうは考えないのだよ」とたしなめられ、納得するという場面である。

このように物語のなかに作者その人が登場し、作品にコメントすることをロマンティック・アイロニーというが、ハーンはこの技法を多くの場合、作中に登場する死者の鎮魂と慰霊のために用いている（本書所収の「鎮魂と慰霊の語り手、小泉八雲」を参照）。この「破られた約束」の例はその典型で、血まみれの後妻の首を責めさいなむ前妻の手指を、落ちた果物をつかむ黄色い蟹のハサミのようだと形容し、読者の恐怖・嫌悪・反撥を最大限に煽っておいて、作者みずから「ひどい話じゃないか」と先回りの抗議の声をあげ、そこに「女はそうは考えないのだよ」というジェンダー的優越感の甘い罠をしかけ、殺人への反撥と嫌悪を、一瞬のうちに同情と憐れみに変化させてしまう、すさまじいばかりの荒技だが、ここで注意しておきたいのは、ここまで強引に前妻への同情をかき立てておきながら、哀れな後妻にはなんの慰めも用意されていないこと、さらには、約束を破った男には直接は害が加えられていないことである。そして「お貞の話」を前妻・後妻の物語として読むとき、この三者の役割と扱いはそっくり同じなのである。

この「前妻・後妻の物語」の系譜に「和解」を加えてみると、ここにハーンの傑作が並んでいることにも驚かされるが、やはりそれ以上に注目されるのは、ハーンの同情が常に悲運のうちに命を落とす前妻のほうに向けられている点、そして後妻は一切同情をこうむることなく物語から「消去」されてしまう点、そして災いの根本にあるはずの男たちが、悲惨な、あるいは恐ろしい体験によって、その罪を思い知らされながらも、基本的には無傷で生存を許されているという共通点である。すでに注の範囲を大きく逸脱しているので、結論を急ぐが、その最大の原因は、この系統の物語を書くとき、彼がほとんど無意識のうちに、前妻の子供の位置から、母親の再生を願い、父との和解あるいは再会の物語を構想してしまうためだと思われる。気づいてみれば、あまりにもナイーブな、傷ましく稚《おさな》い夢物語で、「お貞の話」が漱石の「第一夜」と重なるもうひとつの点が、ここにあるのだと思う（なお、その後、この注をもとにして、本書に収録した「傷ましい仲裁《とりなし》の物語」を書き上げた）。

（25）平川祐弘編『怪談・奇談』講談社学術文庫、一九九〇年、一三六頁。

（26）遠田勝「小泉八雲と武士の娘たち」『国文学　解釈と教材の研究』学燈社、一九九八年七月、七一―七七頁（本書に再録）。

（27）西成彦『耳の悦楽――ラフカディオ・ハーンと女たち』紀伊國屋書店、二〇〇四年、六〇―六一頁。

（28）Soseki Natsume (tr. Takumi Kashima & Loretta R. Lorenz), *Ten Nights' Dreams*, London: Soseki Museum London (Trafford), 2000, 2-3.

（29）この「第一夜」の女の死については「自己犠牲に近い「盲目的死」」という解釈がある（尹相仁『世紀末と漱石』岩波書店、一九九四年、三二四頁）。男への愛を証明するために死を選ぶ女は、ヴィクトリア朝時代の理想像のひとつで、オフィーリアからテニスンのエレンやシャーロットの女がその系譜であるという（同、三八九頁）。ハーンのお貞についても肺病とは記されているが、多分に自死的な描き方をされていることは、前述したとおりである。

（30）西成彦『耳の悦楽』六五―六六頁。

（31）遠田勝「土中に葬られ百年の間、女の思うこと」『叢書　比較文学比較文化　六　テクストの発見』中央公論社、一九九四年、六三頁（本書に「漱石「第一夜」を読む」として再録）。

（32）遠田勝「土中に葬られ百年の間、女の思うこと」六五頁。

(33)『漱石全集』第二巻、岩波書店、一九九四年、四〇〇頁。なお引用箇所の「坊っちゃん」の表記の不統一は引用者が改めた。
(34)『漱石全集』第十二巻、岩波書店、一九九四年、一〇〇頁。
(35)清の坊っちゃんへの愛情分析は、土居健郎『漱石文学における「甘え」の研究』角川書店、一九七二年、一七―二二頁を参照。
(36)なお同じ『夢十夜』の「第三夜」とハーンの民話との関係については、平川祐弘『小泉八雲　西洋脱出の夢』第二章に詳しく論じられている。「第一夜」と「お貞の話」の関係を「母との再会」とまとめれば、こちらは「父との訣別」とでもくくれそうで興味深い。

小泉八雲と武士の娘たち

(1)平川祐弘編『怪談・奇談』講談社学術文庫、一九九〇年、三六五―三六六頁。
(2)平川祐弘編『怪談・奇談』二八―二九頁。
(3)平川祐弘『破られた友情――ハーンとチェンバレンの日本理解』新潮社、一九八七年、一二九―一三〇頁。
(4)平川祐弘『破られた友情』一三九頁。
(5)広瀬朝光『小泉八雲論　研究と資料』笠間書院、一九七六年、三四頁。
(6)土地の伝説として伝わった一例として、青木純二の『山の伝説　日本アルプス篇』(丁未出版、一九三〇年、二四七―二五二頁)に載る「真菰ヶ池」の話を紹介しておこう(これはハーンの「おしどり」を基にした捏造ではなく、別系統の説話の翻案であろう)。
天正十二年、武田の家臣桜井安芸守重久は、狩りの獲物がない腹いせに、池で仲むつまじく泳ぐ、おしどりの一羽に矢を向ける。家臣が、あれは池の主と畏れられているおしどりであるからと止めるのも聞かず、矢を放つと、それは確かに脇腹から心臓を射貫いたはずなのに、むくろをひきあげてみると、不思議にも、首がなくなっている。その夜更け、寝苦しいまま寝返りをうつ重久の枕元に、屋敷の門前から女の悲しげな声で、

「桜井の名もうらめしき甲斐沼の
　真菰ヶ池に残る面影」

と歌う声が繰り返し聞こえてくる。重久が門前に出ると人影はない。その翌日も、その翌日も、夜更けに女の歌う声はやまない。

そうして翌年の春、重久が真菰ヶ池のほとりで観桜の宴をもよおしていると、その水面に一羽のおしどりがあらわれる。重久はふたたび家臣が止める間もなく、その鳥を矢で射貫く。それはおしどりの雌鳥であった。むくろから矢を引き抜くと、その羽交いから、先年、射殺した雄鳥の首がごとりと転がり落ちる。重信はここにいたり、ようやくわが罪を悟り、その場で頭を丸め、やがて、高鳥谷岳のふもとに東光寺を建立し、おしどりの霊をまつった。

東光寺には、今なお、重久が、おしどりの歌に和し残した歌が口碑として伝わっている。

「日暮れなばいざと誘いし甲斐沼の
　真菰ヶ池の鴛鴦《とり》の独り寝」

（7）平川祐弘『破られた友情』一三三頁。

（8）その正体のひとつの解釈の可能性として、西成彦は、「おしどり」が我が身を引き裂き、猟師を糾弾する行動を例にひきながら、ハーンの多くの作品に存在する二重のマゾヒズムに注意をうながしている。二重とは、ひとつは、「自己犠牲を演じてまで教育的であろうとする女たちの、無私とも自暴自棄とも言える

演劇的なマゾヒズム」と、もうひとつは「このマゾヒズムに釣りこまれるようにして改心する男たちの道徳的であると同時に性愛的なマゾヒズム」が共存しているからだという（西成彦『耳の悦楽──ラフカディオ・ハーンと女たち』紀伊國屋書店、二〇〇四年、六〇─六一頁）。この説明は、ハーンの性的衝動をめぐる議論だから、より普遍的で根源的な説明である。したがって、これは、そもそも来日したハーンが、なぜマゾヒスティックな武士の娘たちに惹かれ、その悲劇を「おしどり」「勇子」「君子」「赤い婚礼」といった、仏教説話や伝記、ルポルタージュといった枠組みのなかで、物語ることに熱中したのかの説明になり、また「武士道とマゾヒズム」というさらに広範な議論の出発点ともなるだろう。

（9）長谷川洋二『小泉八雲の妻』今井書店、一九八八年、二一一─二一二頁。

（10）小泉一雄『父小泉八雲』小山書店、一九五〇年、一五七頁。

（11）小泉一雄『父小泉八雲』一五八頁。

（12）小泉節子「思ひ出の記」平川祐弘編『小泉八雲　回想と研究』講談社学術文庫、一九九二年、四五頁。

（13）西成彦「語る女の系譜」『比較文学研究』六〇号、一九九一年、一八頁。

（14）梶谷延「続ハーン資料と考証」『山陰文化研究紀要』六号。同「京都におけるラフカディオ・ハーンとウエンセスラウ・デ・モラエス」京都外国語大学『研究論叢』一一号。

（15）太田雄三『ラフカディオ・ハーン──虚像と実像』岩波新書、一九九四年、一五七─一五八頁。

（16）尾佐竹猛『大津事件』岩波文庫、一九九一年、二五八頁。

（17）太田雄三『ラフカディオ・ハーン』一六三頁。

鎮魂と慰霊の語り手、小泉八雲

本章における、ハーンの著作の英文の引用は、*The Writings of Lafcadio Hearn*, Boston and New

York, 1922, 16 vols. による。邦訳の引用は、特に断わらない場合は、拙訳をあてている。

（1）田部隆次『小泉八雲』北星堂、一九八二年、二三二頁。

（2）平川祐弘編『日本の心』講談社学術文庫、一九九〇年、二七〇―二七一頁。以下、「人形の墓」の引用は、本文中に頁数のみを記す。

（3）平川祐弘『小泉八雲　西洋脱出の夢』新潮社、一九八一年、二九三頁。

（4）横道萬里雄・表章『謡曲集　上』（日本古典文学大系四〇）岩波書店、一九六〇年、八―九頁。

（5）横道・表『謡曲集　上』八頁。

（6）横道・表『謡曲集　上』八頁。

（7）金井清光『能の研究』桜楓社、一九七二年、一〇六―一〇七頁。

（8）野上豊一郎『能の話』岩波書店、一九四〇年、一九頁。

（9）横道・表『謡曲集　上』八頁。

（10）ポール・クローデル（内藤高訳）『朝日の中の黒い鳥』講談社学術文庫、一九八八年、一二一―一二二頁。

（11）クローデル『朝日の中の黒い鳥』一三七頁。

（12）Arthur Waley, *The Nō Plays of Japan*, New York, 1957, p.17.

（13）クローデル『朝日の中の黒い鳥』一二一―一二三頁。

（14）『定本柳田国男集』別巻第三、筑摩書房、一九六四年、三四二頁。

（15）田部隆次『小泉八雲』二三二頁。

（16）小泉節子・小泉一雄『小泉八雲　思い出の記　父「八雲」を憶う』恒文社、一九七六年、四〇一頁。

（17）小泉節子・小泉一雄『小泉八雲　思い出の記　父「八雲」を憶う』四〇二頁。

（18）平川祐弘編『明治日本の面影』講談社学術文庫、一九九〇年、三八〇頁。以下、「橋の上」の引用は、本文中に頁数のみを記す。
（19）こうした作中での「私」の登場については、本書所収の「傷ましい仲裁《とりなし》の物語」を参照のこと。
（20）ハーンの評価の内外格差については、平川祐弘「夢の日本か、現実の日本か」『オリエンタルな夢――小泉八雲と霊の世界』（筑摩書房、一九九六年）に詳しい。

傷ましい仲裁の物語

（1）田部隆次『小泉八雲』北星堂、一九八二年、二三六頁。
（2）ジョージ・ヒューズ（平石貴樹・玉井暲訳）『ハーンの轍の中で』研究社、二〇〇二年、八八頁。
（3）太田雄三『ラフカディオ・ハーン――虚像と実像』岩波新書、一九九四年、九五―九七頁。
（4）Lafcadio Hearn, *A Japanese Miscellany*, Little, Brown and Co., 1901, [rept. Yushodo, 1982] p.26.
（5）小泉八雲『日本雑記　他』恒文社、一九七五年、六四三頁。
（6）速川和男「ラフカディオ・ハーンと『怪談牡丹燈籠』考」『へるん』一五号、一一頁。ただし、牧野陽子は「茶碗の中」について「前書きと本文の物語の両者を一体としてはじめて理解できる」（「「茶碗の中」――水鏡の中の顔」平川祐弘編『小泉八雲　回想と研究』講談社、一九九二年、二七九頁）として、前書きと後書きをストーリー本体から切り離さずに読む必要性に注意をうながしている。
（7）遠田勝「鎮魂と慰霊の語り手、小泉八雲」『異文化を生きた人々』（叢書比較文学比較文化2）中央公論社、一九九三年（本書に再録）。
（8）平川祐弘編『怪談・奇談』講談社学術文庫、一九九〇年、一八三頁。
（9）平川祐弘編『怪談・奇談』一四五頁。

(10) 牧野陽子「輪廻の夢――「むじな」と「因果話」分析の試み」『比較文学研究』四七号、一二二頁。
(11) 平川祐弘「江戸風怪談から芸術的怪談へ――石川鴻斎・ハーン・漱石」『オリエンタルな夢――小泉八雲と霊の世界』筑摩書房、一九九六年。
(12) 遠田勝「転生する女たち――鴻斎・ハーン・漱石再論」平川祐弘・牧野陽子編『講座小泉八雲Ⅱ ハーンの文学世界』新曜社、二〇〇九年（本書に再録）。なお、本稿はこの論文の注で示唆した考えを新たに敷衍したものである。
(13) *The Writings of Lafcadio Hearn*, Boston and New York, 1922, vol.XI, p.182.
(14) 平川祐弘編『怪談・奇談』一五三―一五四頁。
(15) 平川祐弘「女ははたして和解したのか――『今昔物語』に取材したハーンの怪談 The Reconciliation」『比較文学研究』四七号。
(16) 平川祐弘編『怪談・奇談』一六七頁。
(17) ハーンが幼年期に会った父の美しい「後妻」の印象や、その子供（ハーンにとっての異母妹）たちへの複雑な思いについては、日本に渡る直前に実弟ジェームズ・ハーンに宛てた手紙と、熊本時代に異母妹ミニー・アトキンスンに宛てた手紙に詳しく語られている（遠田勝「書簡が語る八雲の生涯」『無限大』八八号、日本アイ・ビー・エム、一五〇―一五七頁）。しかし、ダブリンを去る直前の母の様子については、それが母との永遠の別れであったのにもかかわらず、彼は、書簡にも近親者にも具体的にはほとんどなにも語り残していない。ハーンは、母との最後の日々の思い出を、幼い無力な子供の目に映じた母の怒りと嘆きと悲しみを、物語のなかだけに封じ込めてしまったように思える。直接、語るにはあまりに辛く悲しい思い出だったのだろう。

あとがき

これまで書いたハーン論を一冊にまとめてみませんかと、新曜社編集部の渦岡さんからメールをいただいたのは、一年前の二〇一〇年二月のことだった。わたしはちょうどそのとき、勤務先の大学で半年の研究休暇に入ることになっていて、これを機会に「雪女」の出典の問題を一から調べ直してみようと思っていたので、こんなありがたい話はなく、一も二もなく喜んで承諾させていただいた。

はじめの予定では、その「雪女」論に、これまで書いた主要な論文を加えて一冊にまとめるつもりだったが、調べるうちに、面白い事実が次々と見つかり、翌年の一月になってもまだ書き続けていて、結局、単行本として考えていた紙数の半分を越える長さになってしまった。

それで当初の案をやめて、冒頭の「雪女」論にあわせ、ハーンの「怪談」のモチーフと技法を扱った論文五点だけを選んで、一冊にまとめることにした。締切り直前になっての変更だったが、結果としては、このほうが、テーマのしぼれた、わかりやすい本に仕上がったのではないかと思う。割愛した論文については、後日また、なんらかの形でまとめてみたいと考えている。

収録した論文の初出は以下のとおりである。

• 小泉八雲と日本の民話——「雪女」を中心に
書き下ろし
• 漱石「第一夜」を読む
『テクストの発見』（叢書比較文学比較文化6）一九九四年、中央公論社
• 転生する女たち——鴻斎・ハーン・漱石再論
『講座小泉八雲Ⅱ　ハーンの文学世界』二〇〇九年、新曜社
• 小泉八雲と武士の娘たち——「おしどり」を読む
『国文学　解釈と教材の研究』一九九八年七月号、学燈社
• 鎮魂と慰霊の語り手、小泉八雲——夢幻能との比較を手がかりに
『異文化を生きた人々』（叢書比較文学比較文化2）一九九三年、中央公論社
• 傷ましい仲裁の物語——「破られた約束」「お貞の話」「和解」を読む
『文学』二〇〇九年七月、岩波書店

今回、単行本に収めるにあたって、いくつかの論文は部分的に書き改め、全体として、注を増補し、スタイルの統一をはかった。そうした作業をしていると、書き足したい部分、あらためて論じ

直したい部分がいくつも出てくるのだが、そこまで手を入れだすと、いつまでたっても終わりそうもないので、ひとまずここで区切りをつけて発表させていただくことにした。

こうして特定のモチーフと技法に絞る形でハーンの「怪談」論をまとめることができたのは、これまでのハーン研究の蓄積のおかげである。なかでも、本文中の注や引用では充分に言及できなかったが、恒文社の『小泉八雲事典』と新曜社の『講座小泉八雲』（Ⅰ・Ⅱ）に掲載された論考からは、幾度も貴重な示唆と研究全体のパースペクティヴを得ることができた。これらの本の編集、執筆者の方々には、あらためてこの場を借りて、お礼を申し上げる。

また、本書をこのような形で出版できたのは、数々の優れた著作でハーン研究を先導され、また、本書の刊行を強く勧めてくださった平川祐弘先生、ならびに、半年間の研究休暇をご許可くださった、神戸大学大学院国際文化学研究科の研究科長、異文化コミュニケーション論講座と比較文化・比較文明論コースの同僚各位、全学共通教育英語部会の諸氏のおかげである。また私事にわたり恐縮だが、妻の緩子にも資料の閲覧、収集に多大の援助を受けた。

このささやかな書物は、こうした大きな学恩と助力のたまものである。

以上、記して深く感謝申し上げる。

二〇一一年三月三日

遠田　勝

ら　行

わ　行

ま 行

や 行

な　行

は　行

か　行

索　引

著者紹介

遠田　勝（とおだ・まさる）

1955年東京生まれ。早稲田大学政治経済学部政治学科卒業。東京大学大学院人文科学研究科（比較文学比較文化）修士課程修了。

現在，神戸大学大学院国際文化学研究科教授。

著書に『小泉八雲　回想と研究』（共著，講談社学術文庫），『日本文学における〈他者〉』（共著，新曜社），翻訳にE. スティーブンスン『評伝ラフカディオ・ハーン』（恒文社）など。

新曜社

〈転生〉する物語
――小泉八雲「怪談」の世界

初版第1刷発行　2011年 6 月 30 日

著　者　遠田　勝
発行者　塩浦　暲
発行所　株式会社　新曜社
101-0051　東京都千代田区神田神保町 2-10
電話（03）3264-4973（代）・FAX（03）3239-2958
E-mail：info@shin-yo-sha.co.jp
URL：http://www.shin-yo-sha.co.jp/
印　刷　長野印刷商工　Printed in Japan
製　本　渋谷文泉閣
ISBN978-4-7885-1242-9　C1090